てらいんくの評論

# 石垣りん
# 吉野弘
# 茨木のり子
# 詩人の世界

——（附）西川満詩鈔ほか——

竹長 吉正

①

②

③

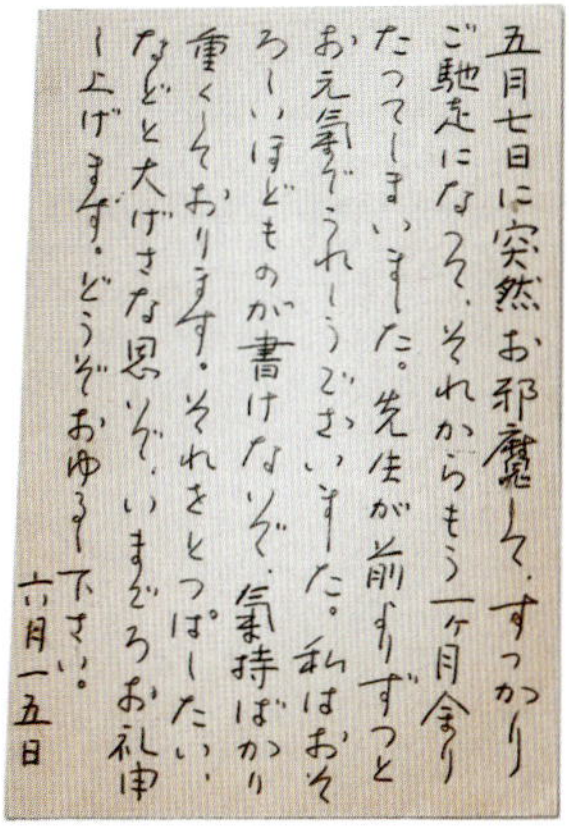

五月七日に突然お邪魔して、すっかり
ご馳走になって、それからもう一ヶ月余り
たってしまいました。先生が前よりずっと
お元氣でうれしうございました。私はおそ
ろしいほどものが書けないで、氣持ばかり
重くしております。それをとっぱしたい、
などと大げさな思いで、いまごろお礼申
し上げます。どうぞおゆるし下さい。
六月一五日

④

＊口絵の解説は本文の巻末369～370ページにあります。

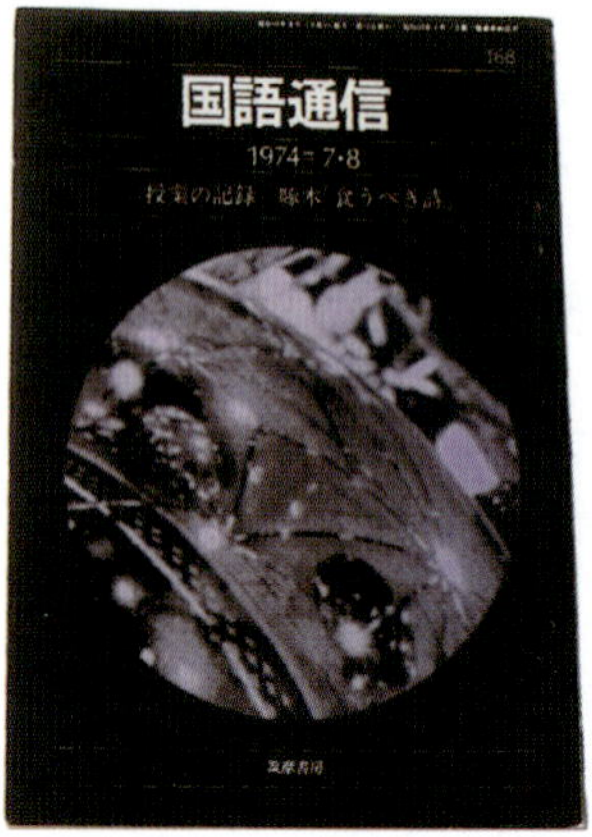


⑥

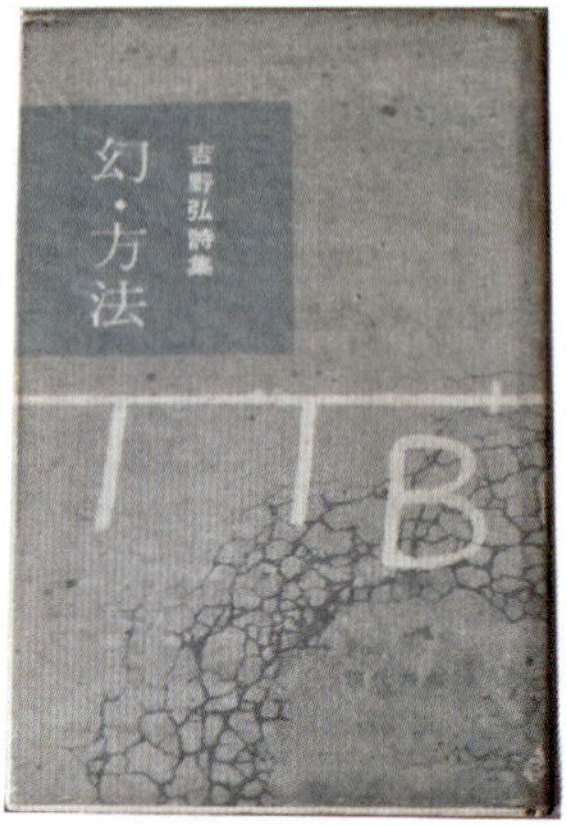


⑤

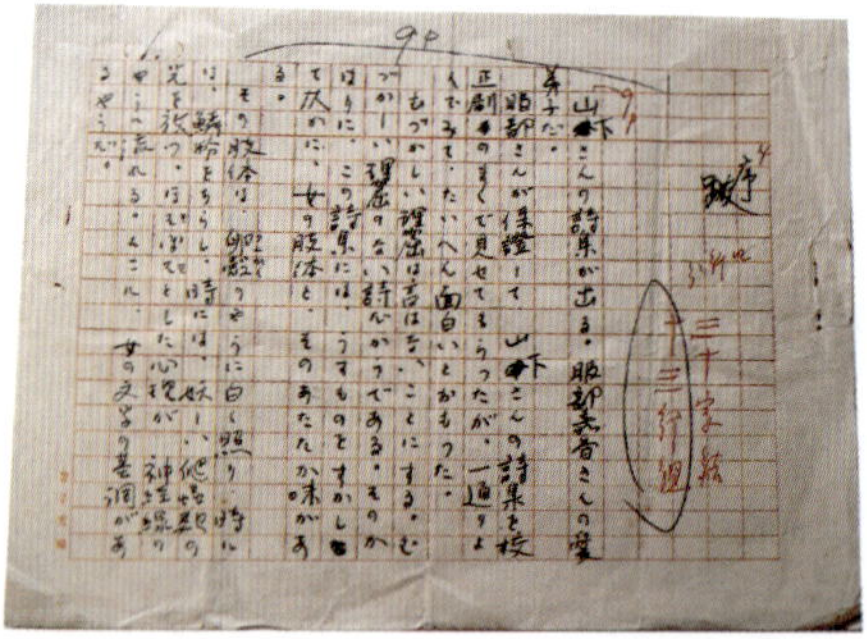

⑦ a

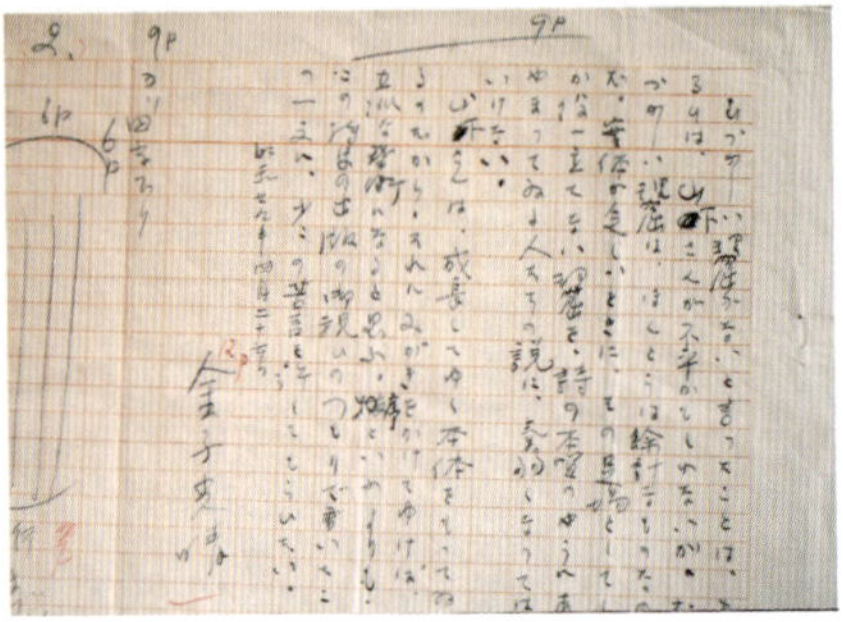

b

⑨

おとらぎつね
茨木のり子・文
水沢　研・絵

⑧

現代詩
8

⑪

いささか
2

⑩

国語通信
特集　日本語を考える
1971-5
136
筑摩書房

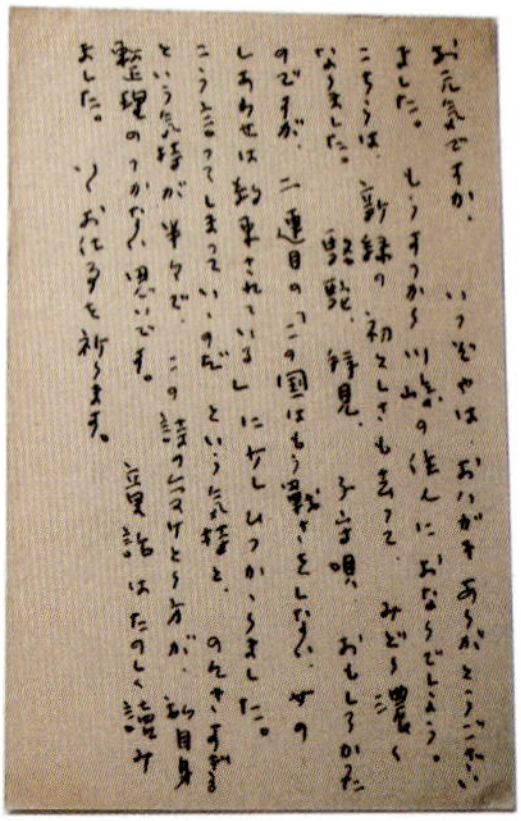

お元気ですか。　いつぞやは　おハガキありがとうございました。　もうすっかり川崎の住人におなりでしょう。

こちらは　新緑の初々しさも去って　みどり濃くなりました。

駱駝、拝見。　子守唄、おもしろかったのですが、二連目の「この国はもう戦さをしない」ぞの　しあわせは約束されている　に少しひっかかりました。

こう言ってしまっていいのだ　という気持と、のんきすぎるという気持が半々で。この詩の[illegible]方が、[illegible]　整理のつかない思いです。

童話はたのしく読みました。

いいお仕事を祈ります。

⑫

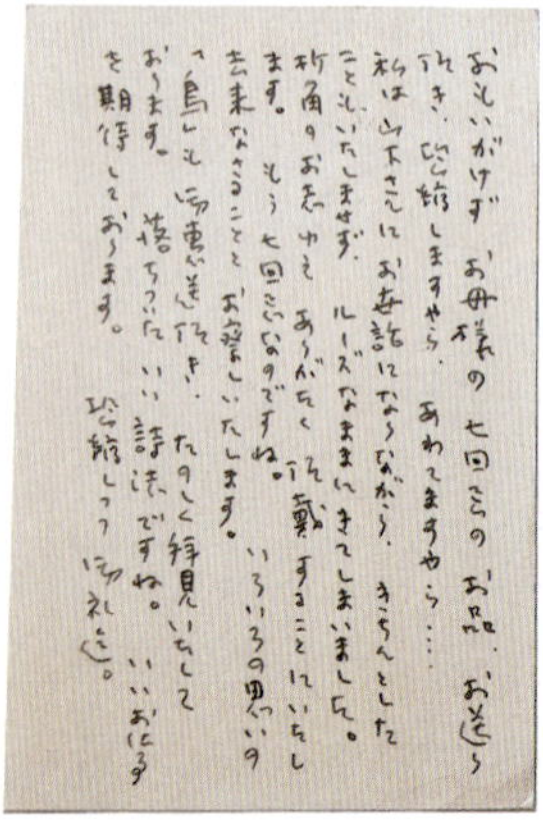

おもいがけず　お母様の七回忌のお品、お送り頂き、恐縮しますやら、あわてますやら……
私は山下さんにお世話になりながら、きちんとしたこともいたしませず、ルーズなままにきてしまいました。
折角のお志ゆえ　ありがたく頂戴することにいたします。　もう七回忌なのですね。　いろいろの思いの出来なさることと　お察しいたします。
「鳥」も御恵送頂き、たのしく拝見いたしております。　落ちついたいい詩法ですね。　いいお仕事を期待しております。
恐縮しつつ　御礼迄。

⑬

あけまして
おめでとう
ございます。
一月元旦
1973
昨年はいろいろと
ありがとうございました。

⑭

⑮

# 石垣りん・吉野弘・茨木のり子　詩人の世界

――（附）西川満詩鈔ほか――

# はじめに

昭和の戦後に、それぞれ個性的な詩を書き始めたとされる三人の詩人、石垣りん、吉野弘、茨木のり子に注目して諸論考をまとめたのが本書である。

これまで新聞、雑誌、単行本などに数回執筆してきたものを整理し、一冊の本にまとめてみようと思い立ったのは約五年前だった。

埼玉県に住むわたくしはどういうわけか、昔から詩人と付き合いが長かった。埼玉県には詩人が多く住んでいる。

具体的に言うと、今から五十年ほど前、わたくしが埼玉県の羽生で高等学校の教員を始めた時、地方新聞である『埼玉新聞』の編集関係者、槇晧志、飯島正治（いずれも詩人）と知り合いになった。それ以後、付き合いの幅はどんどん広がり、神保光太郎、土橋治重、宮澤章二、秋谷豊、吉野弘などと会うようになった。

中でも吉野弘はわたくしが『埼玉新聞』に「埼玉の詩人」という連載記事を執筆するようになってから特に親しくなり、埼玉県国語教育研究会主催の講演会でも会うことができた。人としては大変温厚であったが、詩の話となるとなかなか妥協せず、自論を縷々と述べられた。そのような吉野弘像をもとに、古い詩雑誌をさらに調べてみた。すると、思いも寄らなかったことが分かった。それ故、本書で幾らか新しい吉野弘像を綴ることができたのではないかと思う。

石垣りんと茨木のり子には一度も会ったことがない。ただ、高等学校の国語科の教員を勤めていたので、二人の詩を授業で何度も取り上げたことがある。生徒の反応は概して良かった。特に女生徒には、自分たちの感性に合うとか、自分たちの味方になる力強い存在という声が多かった。男子生徒にも石垣、茨木の詩は嫌いじゃない、納得できるという反応が多かった。

高等学校の教員をやっていた時、わたくしは仲間と同人雑誌を出していた。その同人雑誌に「石垣りんの世界」「茨木のり子の世界」と題するエッセイを数回、連載した。

今回、それらのエッセイを再読し、また、新たに読んだ他者の論考や、入手した資料を駆使し、論考を一回りも二回りも大きくした。初期の「石垣りんの世界」「茨木のり子の世界」を大幅に増補して、ここにやっと完成することができた。

詩人論や詩の本は、なかなか読んでもらえないと巷《ちまた》では言う。それは概して、自閉的な中身であるからだろう。わたくしはその自閉性を突き破り、魂の叫び、心の叫びをもった三詩人

（石垣りん、吉野弘、茨木のり子）を中心に取り上げた。彼らの詩を論じた本書が幾らかでも、詩の読者を広げることができたら、大きな喜びである。
また巻末に、異文化理解の一斑として詩を駆使した西川満の作品を取り上げた。さらに霜田史光の自伝的エッセイ（紹介の為に転載）と、西條八十の詩一篇についての小論を収めた。こちらも愛読していただけたら幸いである。

二〇一九年七月

竹長　吉正

目次

# 第一部　石垣りんの世界

# 第一章　『ユーモアの鎖国』から

『ユーモアの鎖国』という本がある。書いたのは石垣りん。この本の中身に入る前に、著者石垣りんについて少し紹介しておこう。

石垣りんは大正期、民衆詩派と呼ばれた詩人福田正夫に教えを受けた。しかし、彼女が詩人として注目されるのは昭和の戦後、彼女の職場であった銀行の文化活動を通してである。それは『銀行員の詩集』という合同詩集である。

石垣りんの詩は、自らも言うように「生活詩」である。つまり、「生活の中の詩」である。彼女にとって詩を書く行為は、何ら特別なものでなく、銀行員としての職場での生活、また、わびしくも楽しく生きる家庭での日常生活、それらの中での願いや祈り、思念や感情を表出することである。あわてず、あせらず、また、くよくよしない。弱音を吐くように見えて、そうもしない。しかし、彼女は楽天的なのではない。傍目には「たくましく生きている」と見える彼女だが、右に左に激しく揺れている。それはさながら、台風の夜、右に左にと激しく揺れる太い大樹の姿である。

以下、彼女の著書『ユーモアの鎖国』に即して具体的に見てみよう。

朝、ラッシュアワーの東京駅を降りると、出勤する女の人のすべて、と言ってよいほどが、ハンドバッグを持っている。それは会社における彼女たちが、自分の時間に自分の物を取りに行く、ちいさなちいさな家。

宿借りは貝殻を背負って暮らす。働く女性はハンドバッグの口をあけたり締めたりして、そこから、鏡を出して顔をのぞかせたり、手をひっこめたりする。月給を入れるのもバッグなら、月給が足を出すのもバッグの口である。自分の生活を窮屈にその中におし込んで、彼女たちがどんなにけなげに働くか。バッグバッグバッグ。青い空の底を、おびただしい宿借り族が行列しているようで、それを見る私の目は自然に水のかげりをおびてしまう。

「宿借り」と題する文章の末尾である。女性が持つハンドバッグを彼女たちが持つ「ちいさなちいさな家」ととらえ、また、そこから彼女たちがいろんなものを出したり入れたりするのを見ていると、詩人はハンドバッグを持つ女性たちが「貝殻を背負って暮らす」宿借りに見えてくる。ここで、普通はヤドカリとカタカナで表記するところを詩人はあえて宿借りと漢字で表記する。「宿」（つまり、自分の住まい）を「借り」ている。借り暮らしの女性というイメージが浮かんでくる。この辺りのイメージ操作、イメージ連鎖の妙に、脱帽する。よって、この文章の箇所は散文詩、いや、行分けすれば一篇の詩となり得る。

もう一つ、「夜叉」と題する文章がある。題名から想像すると、たいへん怖い内容かと思われる。

久しぶりであった友だちの指がキラリ、と光った。

「あら、ダイヤね」

すると黙って手のひらを返して見せた。腕時計のまわりにも、細かいダイヤモンドがちりばめられてある。

「スゴイじゃない」

「オホホ」　彼女はたおやかに笑って言ったものだ。

「宝石を身に付けているとね、交通事故にあったとき、丁寧に扱ってくれるんですって」

「？」

（＊中略）

戦争中、胸に血液型と住所姓名を書いた布を縫い付けていたことがあった。最近の身分証明は宝石か。金色夜叉のお宮さんは、ダイヤモンドに目がくらみ、貫一《かんいち》さんにけとばされた。

現代女性はダイヤを指にはめて、車にけとばされたときの心得《こころえ》とする。

今月今夜、月は曇ってしまった。

この文章「夜叉」も面白い。前掲の「宿借り」もそうだが、こうした文章はいわゆる「コント」と呼ばれる類の文章であり、短くて諷刺の利いた文章である。

ところで、今の若い読者にはこの文章で分かりにくいところがあるのではなかろうか。それは「戦争中、胸に血液型と住所姓名を書いた布を……」云々という箇所もそうかもしれないが、それよりも「金色夜叉のお宮さんは……」云々という箇所であろう。今の若い人は『金色夜叉』（作・尾崎紅葉）を読まないだろうし、舞台や映画でもほとんど見ないであろう。『金色夜叉』について簡単に言うと、これは貫一とお宮が恋人同士であったのだが、お宮が金持ちの男からダイヤモンドをもらい、貫一に「おまえはダイヤモンドに目がくらんだのだろう」と疑われ、熱海の海岸での散歩中、けとばされるという話である。これは「熱海の海岸、散歩する、貫一お宮の二人連れ……」などと歌にもうたわれた有名な話である。

さて、このような前振りをしておいてから、この文章「夜叉」を読むと、味わいはどうなるだろうか。

現代の「お宮さん」は、どうであろうか。昔のお宮さんより、よほどドライになっている。「たおやかに笑って」いる、このダイヤモンドをちりばめた女性は、エジプトのクレオパトラを想起させる。お金持ちで、姿や動作がしなやか、そして、やさしげである。女王の風格かと思われるが、その言葉を聞くと、がっかりする。たおやかに笑っていた女性の言葉、「宝石を身に付けているとね、交通事故にあったとき、丁寧に扱ってくれるんですって」、この言葉に詩人は驚く。沈黙の「?」は、予想外の言葉に対する驚きと、落胆の気持ちの表明である。もちろん、それらは言葉に出さない。心の中に秘めたままである。その秘めた心の内を詩人は、「戦争中、胸に血液型と住所姓名を……」以下の文章で明らかにする。

「現代女性はダイヤを指にはめて、車にけとばされたときの心得《こころえ》とする。」この一文が、実によく生きている。

そして、「曇ってしまった」のは月でなく、クレオパトラのような女性に対面した詩人の心であった。

ところで、詩人石垣りんの好きな場所が幾つかある。その一つは銭湯であり、もう一つは「手洗所」である。

手洗所を題材にした詩の題は「公共」。冒頭部分の第一節と第二節は次のとおり。

タダでゆける
ひとりになれる
ノゾミが果たされる。

トナリの人間に
負担をかけることはない
トナリの人間から
要求されることはない
私の主張は閉《し》めた一枚のドア。

これらを読むと、この先どう展開していくのかが、気になる。また、どこへ連れていかれるのか読者として大いに気になる。

末尾部分の第四節と第五節を見てみよう。

つとめの帰り
喫茶店で一杯のコーヒーを飲み終えると
その足でごく自然にゆく
とある新築駅の
比較的清潔な手洗所
持ち物のすべてを棚に上げ
私はいのちのあたたかさをむき出しにする。

三十年働いて
いつからかそこに安楽をみつけた。

これは、ちょっと書けない詩だと思った。しかし、石垣りんなら書くであろうと思った。率直な、嘘や飾りのない、まっとうな詩である。エッセイ集『ユーモアの鎖国』の中で、この詩を見つけて驚いた。そして、感動した。「トイレ」でもない、「便所」でもない。手洗所《てあらいじょ》という言葉の選択がみごとである。石垣にとっては、ごく普通の言葉であるのかもしれないが、一見古風でありながら、その実、簡にして要を得ているこの言葉が私たちには耳新しく響く。

それにしても、最初はどこへ連れていかれるのかと不安を感じつつ、この詩を読みだしたが、最後にたどり着くと、ほっとする。清涼飲料水を飲んだような感じである。

クイズの第一ヒントは「三十年働いて」「いつからかみつけた」「安楽の場所」はどこ？　第二ヒントは、それは「タダでゆける」「ひとりになれる」場所です。さて、どこでしょう。第三ヒントは、それは「ノゾミが果たされる」場所です。さて、どこでしょう。こんなクイズ問答も考えられる、不思議な詩である。

石垣りんは自分が詩を書くことについて、次のように述べている。

詩は私の内面のリズムであり、思いの行列であり、生活に対する創意工夫であり、祈りのかたちであり、私の方法による、もうひとつの日常語。唖《おし》の子が言い難いことを言おうとする、もどかしさにも似た、精いっぱいのつたない伝達方式でもあります。（「詩を書くことと、生きること」）

さらに、石垣は自分は「詩を求めて、詩のために、詩を書いているのではない」とまで言っている。自分の「心の中にある口《くち》」が「ひもじさ」を感じた時、詩が生まれるのだという。人間の生活が「食べること」だけだったらそれでいいのだけれど、心が感じる「ひもじさ」はどうやって満たしたらいいのだろうかと彼女は自問する。ここら辺に詩に対する彼女の思いが率直に表明されている。

彼女はまた、次のように言う。

働かないと、書くことが思い浮かばない、といった習性のようなものが、私の身についたのではないか、と案じられます。そして、物を考えているのは私の場合、頭だろうか？手だの足だので感じたり、考えたりしているのではないだろうか？（同前「詩を書くことと、生きること」）

このような石垣の言葉から察すると、彼女は詩人になろうという野心などなく、「生きて、働いて」、「心に浮かんだこと」を書いただけである。しかし、心が感じる「ひもじさ」を自ら押し殺したり、押しとどめたりすることができなかった。この、どうしようもない「心のひもじさ」に向かって彼女は鉛筆やペンを走らせたのだ。

そして、それはついに生活の中で感じる自分の思いだけでなく、自分を取り巻く世の中のことに対する思いまで綴らせることになった。戦争のこと、公害のこと、労働者運動のこと、貧困のこと、あらゆる社会問題が彼女を取り巻いた。こうして彼女の詩は、個人的な身辺雑記のみでなく、社会的なスケールの大きい詩となった。しかし、それはただ単に社会問題を扱った詩ということでなく、自分自身の体と心とをくぐらせた「社会的な詩」となったのである。

石垣りんの強さは、「美談を作ろう」とか「美談を生きよう」としなかったことだ。また、ある権力に加担して生きるということをしなかったことだ。そのばかばかしさを戦争を通して知った。「美談を生きよう」とか「美談に死のう」とする愚かさを彼女は知った。しかし、気ままま、わがままに生きてきたわけではない。高ぶらず、とり澄まさず、実に庶民的である。反抗的姿勢やむきになることを避け、実にしたたかに生きた。ユーモアやペーソスの味を残しつつ、したたかに生きる。そこに石垣りんの本領がある。著書『ユーモアの鎖国』から浮かんでくるのは、そのような詩人の姿である。

# 第二章　民衆詩派の後継者

先に（＊第一章参照）、石垣りんは大正期、民衆詩派と呼ばれた詩人福田正夫の教えを受けたと書いた。このことについて補っておく。

石垣はエッセイ「心を打った男たち――福田正夫」（『日本経済新聞』一九七七年八月一日～三日）で福田のことを述べている。以下、石垣の文を引用する。

森は伐《き》られ
川水は涸《か》れる
田舎の村々、路々
青ざめた呻吟《しんぎん》が
どこからか　ひびいて来る

大正期の農村を題材とした「青ざめた田舎」という詩である。第一詩集『農民の言葉』が出版されたのは大正五年であったが、私はまだ生まれていない。

私を含む何人かの女性が、福田正夫の指導でわずか十頁ほどの同人雑誌『断層』を創刊したのが昭和十三年十一月。私は銀行で働きながら、物を書くことに余念のない文学少女のハシクレだった。

このように回想する石垣は初め、投書雑誌の詩の選者として福田正夫を知ったようであるが、後には同人雑誌『断層』を介して福田の指導を受けた。

石垣は前掲の文章に続けて、次のように記している。

よくも少女を相手に、あのように熱心に詩論、方法論などを語りきかせてくれたものだ、と追懐する。後年、君は福田さんのわるいとこ、自然主義の冗漫なところを受け継いでいるョ、などといわれた私は不肖の弟子であり、師も私を引き合いにされるような欠点の故か、生前の、しかもその若い日の盛名ほどパッとしない。

ここでは石垣らしいユーモアを交えながら、自身の詩人的出自を語っている。確かに詩人石垣りんは、福田正夫の弟子らしい受け継ぎをしている。それはすばらしい部分であり、詩人の本質ともいうべき「詩としてのまっとうなところ」である。

また、「自然主義の冗漫なところ」を受け継いでいると自認しているのは、民衆詩派の散文的なところ（*これは民衆詩派詩人の詩の表出方法に関する部分での特徴だと、わたくしは思う）、及び、泥臭く、生活的なところ（*これは詩の素材や題材選択に関する部分での特徴だと思う）である。

こうした大正期民衆詩派詩人（福田正夫、白鳥省吾《しろとりせいご》、百田宗治《ももたそうじ》ら）の特徴を石垣りんは受け継いでいる。しかし、彼女は大正期民衆詩派詩人そのままではない。もちろん、生きた時代背景が異なるわけだから。だが、民衆詩派詩人の持っていた良さを生かしつつ、その欠点をのりこえた。わたくしには、そう見える。うまく言えないが、民衆詩派詩人の持っていた庶民性、生活性を生かしつつ、詩の表現が彼らのものよりもずっと純化し、研ぎ澄まされたものになっている。もっと大まかにいうと、詩の作り手としてどのようなものに目を向けるかという点で石垣りんは、大正期民衆詩派詩人と強くつながっている。だが、そのとらえたものを自分の内面でどのようにこなしていき、かつ、表出するかという点で石垣は遠回りする。この迂回とそのリズムが、民衆詩派詩人よりもずっと進歩している。

さて、石垣りんの代表作とされる詩篇を幾つか見ていこう。

戦争の終り、
サイパン島の崖の上から
次々に身を投げた女たち。

美徳やら義理やら体裁やら
何やら。
火だの男だのに追いつめられて。

とばなければならないからとびこんだ。
ゆき場のないゆき場所。
(崖はいつも女をまっさかさまにする)

それがねえ
まだ一人も海にとどかないのだ。
十五年もたつというのに
どうしたんだろう。

あの、
女。

この詩に鋭く反応したのは茨木のり子だった。茨木のり子はエッセイ「美しい言葉とは」（岩波書店『図書』一九七〇年三月）で、この詩「崖」を取り上げた。茨木は次のように述べる。

子どもを抱え、あるいは一人で、何人もの女たちが崖から海へ棒のように落下した。望遠レンズを使って写したらしいそれは、白昼夢のように滑稽で、たよりなげで、異様でもあった。「あれは私だ！」という痛覚もあった。あの日そこにいたなら自分も間違いなくとびこんでいた筈だから。

茨木はこう述べて、石垣の詩「崖」がサイパン島玉砕の記録映画（アメリカが作製したもの）を見ての印象に基づくのではないかと推察する。それは茨木がこの詩を介して作者の石垣とつながっていく通路である。

つまり、サイパン島玉砕のとき、「崖から海へ棒のように落下（していく）」女たちの中に「自分」を見た。それは石垣もそうであったろうし、茨木もそうであった。記録映画であれ、それを見た人間が「あれは私だ！」と叫ぶ。他人事ならぬものを見出し、感じるのだ。

わたくしはこの詩と初めて出会ったとき、（それはずいぶん昔のことだが）、戦争児童文学書の解題という仕事を行っていて、その関連で菅野静子の『戦火と死の島に生きる』（偕成社刊行、少年少女世界のノンフィクション・シリーズ）を読んでいた。これはサイパン島の最期を見届けることができた特別志願の看護婦が昔の記憶をたどりながら綴った貴重な記録である。

最後の総攻撃の日、負傷して動けない兵士には、一人ずつ、手りゅう弾が渡される。つまり、玉砕の命令が出たのだ。兵士たちは、天皇陛下バンザイと唱えながら自決する。自決できない兵士にはお互いにピストルを渡して相手を撃つ。辛うじて生き残った看護婦はどうしてもこの惨事を後世の人々に伝えたかったと述べていた。

ところで、この詩「崖」は戦後十五年（昭和三十五年）ごろ、作られた。サイパン島玉砕の記録映画が公開されたのは戦後まもなく（昭和二十年ごろ）である。ここに、十五年の間隔があるということは、作者はもし、この記録映画を見ていたとしたら、いや、見ていなくても、それに類する生々しい戦争体験を持ち続けたということである。

石垣が銀行という勤め先を持っていたことを前に述べたが、彼女が職場で絶対に出さないことを、詩で出している。一人の市民としての生活の中から生まれた詩がある。次の詩である。

それはながい間
私たち女のまえに
いつも置かれてあったもの、

自分の力にかなう
ほどよい大きさの鍋や
お米がぷつぷつとふくらんで
光り出すに都合のいい釜や
劫初《ごうしょ》からうけつがれた火のほてりの前には
母や、祖母や、またその母たちがいつも居た。

その人たちは
どれほどの愛や誠実の分量を
これらの器物にそそぎ入れたことだろう、
ある時はそれが赤いにんじんだったり

くろい昆布だったり
たたきつぶされた魚だったり

台所では
いつも正確に朝昼晩への用意がなされ
用意のまえにはいつも幾たりかの
あたたかい膝や手が並んでいた。

ああその並ぶべきいくたりかの人がなくて
どうして女がいそいそと炊事など
繰り返せたろう?
それはたゆみないいつくしみ
無意識なまでに日常化した奉仕の姿。

炊事が奇《く》しくも分けられた
女の役目であったのは

不幸なこととは思われない、
そのために知識や、世間での地位が
たちおくれたとしても
おそくはない
私たちの前にあるものは
鍋とお釜と、燃える火と

それらなつかしい器物の前で
お芋や、肉を料理するように
深い思いをこめて
政治や経済や文学も勉強しよう、

それはおごりや栄達のためでなく
全部が
人間のために供せられるように
全部が愛情の対象あって励むように。

「私の前にある鍋とお釜と燃える火と」と題する一篇である。日々の「暮らし」に深く根を下ろし、その中で生きる女性の姿をひとつの願いとして表現している。たくましく、しぶとく生きることを促される。

# 第三章　公害と詩

石垣りんが三重県の四日市を初めて訪れたのは一九七〇年（昭和四十五）の夏だった。東海テレビのドキュメンタリー番組「あやまち」に詩を書くことを頼まれたのである。石垣はその後、度々、銀行勤めの合間をぬって四日市に通った。当初は、その土地の者でない者が行って何を言う資格があろうかとしり込みしたが、周囲の説得もあり、ともかく、「はじめて見る者の目で」実際をとらえようと努めた。

四日市を初めて訪れた時の印象は、「実は墓地に見えた」である。石垣はその時の印象を、次のように記している（＊「犯された空の下で」『朝日新聞　夕刊』一九七二年七月二十六日）。

——へんに人気《ひとけ》の乏しい工場群。
——妖怪じみた息を吐き続けるコンビナート。
——ボワッボワッと不気味に燃え続けるフレアスタックのオレンジ色の炎。

——異臭、悪臭、そのにおいにこもる毒性。
（＊石垣のエッセイ「犯された空の下で」より引用、筆者が抜粋して並べた。）

そしてまた、石垣は　それを次のように比喩をまじえて表現している。

盛んに火と煙を吐き出し、林立する大煙突の紅白ダンダラじまが、経済成長の宴《うたげ》を取巻《とりま》く祝儀の席を思わせる。（＊前掲「犯された空の下で」より）

四日市の公害事件をとらえた石垣の詩に、次のものがある。

女の先生が
四日市の小学校にはじめて赴任した日、
海辺で貝を拾うと
子供がいいました。
先生
その貝はとても食べられないよ。

先生は
教えられることから
はじめなければなりませんでした。
（＊エッセイ「仕事」所収『図書』一九七一年二月）

「貝」と題する詩である。公害の怖さは、赴任した先生より、そこに住んでいて、公害ぜんそくに苦しんでいる子どもたちの方がずっとよく知っていたのである。
また石垣は四日市で、次の詩を作っている。

子供を乗せた乳母車
孫を乗せた乳母車
みんな大きくなりました。
四日市ではよく見かける
籐《とう》で編んだ底の深い
古いかたちの乳母車。

おばあさんが
誰も乗っていない
空《から》の乳母車を押してゆきます。
最後に残された
自分の重みをはこんでゆきます。
（＊前掲「仕事」より）

最終行の「最後に残された／自分の重みをはこんでゆきます」という言葉が、おばあさんの切ない心情を伝えている。おばあさんは何も言わないのだが、誰も乗っていない乳母車を押していくその姿が印象に残る。
四日市公害裁判の判決があった日、石垣は次のように記している。

判決の直後、勝利のたれ幕が裁判所の建物の上からつり下げられ、前夜のあらし模様がまだそこここの水たまりとなって残されている前庭に、集った大勢の中からいっせいに拍手がわき上がり、祝・大漁の旗もかかげられたけれど。こうしてごく当り前と思われる判決の前に大喜びしなければならないのが、私たち庶民と呼ばれているものの、現在置かれた立場なのであろうか。無念ながらいつもそうだったことを思い返した。富山でも、新潟でも。もっとも悲しむべきことさえ、私たちは泣いて喜ばねばならなかったのである。

（＊前掲「犯された空の下で」より）

裁判勝利の喜びの陰で、深い悔いもある。裁判に勝ったからといって、海や空が、元のように戻るということはないから。多くの死んだ人は、生き返らない。この「悔い」を、いったい、どうしたらいいのか。

庶民の一人として公害に憤り、また、裁判に勝利しても、いっこうに悔いの去らない姿が目に浮かぶ。彼らは悲嘆にくれている。

# 第四章　民衆の虐げられる姿を直視

全銀連文化部（正式名称は全国銀行従業員組合連合会文化部）編集・発行の『銀行員の詩集』という本がある。それの一九五五年版を見ることができた。

選者は金子光晴・村野四郎の二人。『銀行員の詩集　一九五五年版』は一九五五年九月十五日の発行。

銀行員の人のたくさんの詩が載っていて、いろいろと目移りするが、ここは本題の石垣りんの詩を探して読むことにする。

本は「Ⅰ　一から五十まで」「Ⅱ　その日のために」「Ⅲ　すわりだこ」「Ⅳ　満員列車の中で」「Ⅴ　われらのコーラス」「Ⅵ　川の歌」の全六章に分かれている。

まず目に入ったのは「Ⅳ　満員列車の中で」に、（日本興業銀行）石垣りん・作とある「日記より」である。この人は日記を詩で書くのだろうか、という驚きであった。何の変哲もない、平凡なタイトルである、この詩「日記より」をまず、読んでみる。

一九五四年、七月二七日
これは歴史の上で何の特筆することもない
多くの人が黙って通りすぎた
さりげない一日である。

このように切り出されると、ふうーんどんなことがあったのかと、かえって興味関心が引かれる。続きを読む。

その日私たちは黄変米《おうへんまい》配給決定のことを知り
その日　結核患者の都庁坐り込みを知る。

「黄変米配給決定」って何？　「結核患者の都庁坐り込み」って何？　いずれもよくわからないことなので、どういうことか知りたくて、次を読む。

むしろや毛布を敷いた階段、廊下、庭いっぱいに横たわる患者ストの様相に

私は一度おおうた眼をかっきりと開いて
見直す。

明日私たちの食膳に盛りこまれる毒性と
この夜を露にうたれる病者と
いずれしいたげられ、かえりみられぬ
弱い者のおなじ姿である。

空にはビキニ実験の余波がためらう夏の薄ぐもり
黄変米配給の決定は七月二四日であった、と
新聞記事にしては、いかにも残念な付けたりがある。

その間の三日よ
私はそれを忘れまい。

水がもれるように

秘密の図る謀《はか》りごとが、どこかを伝って流れ出た
この良心の潜伏期間に
わずかながら私たちの生きてゆく期待があるのだ。

親が子を道連れに死んだり
子が親をなぐり殺したり
毎夜のように運転手強盗事件が起り
三年前の殺人が発覚したり、する。
それら個々の罪科は明瞭であっても
五六、九五六トン
四十八億円の毒米配給計画は
一国の政治で立派に通った。

この国の恥ずべき光栄を
無力だった国民の名に於いて記憶しよう。

消毒液の匂いと、汗と、痰と、咳と
骨と皮と、貧乏と
それらひしめくむしろの上で
人ひとり死んだ日を記憶しよう。

黄変米配給の決定されたのは
残念ながら国民の知る三日前だった、と
いきどおる日の悲しみを
私たちはいくたび繰り返さなければならないのだろうか。

黄変米はわずか二・五パーセントの混入率にすぎない
と政府はいう。
死んだ結核患者は
あり余るほどいる人間のただ一人にすぎず
七月二七日はへんてつもない夏の一日である
すべて、無害なことのように。

岩波書店編集部編『近代日本総合年表』（岩波書店　一九六八年十一月第一版）の「一九五四（昭和二十九）年」には、次の記述がある。

七月二七日　都内の結核療養所に入療中の患者一三〇〇人、改正入退院基準に反対、日患同盟の指導で都庁前に坐り込み、一人死亡。

七月三〇日、政府、黄変米の毒性基準を引き下げ配給強行を決定、主婦連など反対運動激化、問題となる。

石垣りんは、この年（一九五四年）の七月二七日と同三〇日に起きたことを一つにまとめて、いわゆる「止揚して」、民衆の虐げられる姿を直視している。一つは「私たちの食膳に盛りこまれる毒性」（黄変米配給）を口にせざるを得ない貧しい民衆のことであり、もう一つは「夜を露にうたれる病者」（結核患者の都庁前坐り込み）のことである。いずれも、「しいたげられ、かえりみられぬ／弱い者」の姿である。

ところで、黄変米とは、どのようなものであろうか。手元の事典で調べると、「カビ類の寄生により変質し、黄色くなった米」のことであり、「有毒」とある。このような有毒米を政府は毒性基準を引き下げ、配給強行を決定したのである。少しでも毒のあるものを配給してよいわけがない。しかし、政府はこのくらいの毒性であるなら大丈夫だ、健康に害はないと許可を出したのだ。

また、もう一つ、「消毒液の匂いと、汗と、痰と、咳と／骨と皮と、貧乏と／それらひしめくむしろの上で／人ひとり死んだ日を記憶しよう。」というのは、都内の結核療養所に入療中の患者一三〇〇人が改正入退院基準に反対し、日本患者同盟の指導で都庁前に坐り込み、一人が死亡したことをふまえている。

いずれも強烈な出来事であり、事件である。

そして、最終連は、次のとおり。

黄変米はわずか二・五パーセントの混入率にすぎない
と政府はいう。
死んだ結核患者は
あり余るほどいる人間のただ一人にすぎず
七月二七日はへんてつもない夏の一日である
すべて、無害なことのように。

「わずか二・五パーセントの混入率」といい、事を重大視しない考え方。また、「あり余るほどいる人間のただ一人にすぎず」などとは言わないとしても、結核患者が坐り込みで一人死んだことを重く見ようとしない「お上」の考え方。そして、何事もなかったかのように済ましてしまおうとする考え方。これらは、如何に庶民を見放し、見殺しにする態度であることか。『銀行員の詩集　一九五五年版』にはもう一つ、石垣りんの詩が載っている。

私がぐちをこぼすと
　「がまんしておくれ
　じきに私は片づくから」と
父はいうのだ
まるで一寸《ちょっと》した用事のように。

それはなぐさめではない
脅迫だ　と
私はおこるのだが、

去年祖父が死んで
残ったのはたたみ一畳の広さ、
それがこの狭い家に非常に有効だった。

私は泣きながら葬列に加わったが
親類や縁者
「肩の荷が軽くなったろう」
と、なぐさめてくれた、
それが、ぞっこん私を愛した祖父への
はなむけであった。

そして一年
こんどは半身不随の父が
病気の義母と枕を並べ
もういくらでもないからしんぼうしてくれ

と私にたのむ、

このやりきれない記憶が
生きている父にとってかわる日がきたら
もう逃げられない
私はこの思い出の中から。

「貧乏」と題する一篇である。

「このやりきれない記憶」から「逃げられない」と詩人は言う。「このやりきれない記憶」とは、果たしてどのような記憶なのだろうか。推測するに、それは祖父から、また、父から受け継いだ「貧乏」ということなのだろうか。しかし、詩人は貧乏から抜け出したいなどとは、露ほども思わない。貧乏から抜け出してお金持ち、裕福になりたいと普通の人なら思うだろう。いや、詩人は貧乏を嫌ってはいないのかもしれない。貧乏に甘んじて生きることを、むしろ望んでいるようにさえ思える。それはいったい、どうしてなのだろう。

祖父から、また、父からと受け継いできた貧乏の記憶、それをむしろ誇らしく、正面に据えて生きていく、それがこの詩人の飾らない生き方なのだろうと思う。

石垣りんの詩集『表札など』（思潮社　一九六八年）に所収の詩に「落語」がある。この詩の初出は確か『詩学』第八巻第三号（昭和二十八年三月）だったと思うが、『芸術生活』一九六九年（昭和四十四）六月号所収のエッセイ「生活の中の詩」にも引用されている。初出の『詩学』か、それとも『表札など』か、それとも「生活の中の詩」か、どれを引用するか迷ったが、ここではエッセイ「生活の中の詩」に石垣自らが引用している詩「落語」を引くことにする。

詩「落語」は、次のとおり。

世間には
しあわせを売る男、がいたり
お買いなさい夢を、などと唱《うた》う女がいたりします。

商売には新味《しんみ》が大切
お前さんひとつ、苦労を売りに行っておいで
きっと儲《もう》かる
じゃ行こうか、と私は
古い荷車《にぐるま》に

先祖代々の墓石を一山《ひとやま》
死んだ姉妹のラブ・レターまで積み上げて。

さあいらっしゃい、お客さん
どれをとっても
株を買うより確実だ、
かなしみは倍になる
つらさも倍になる
これは親族という丈夫な紐
ひと振りふると子が生まれ
ふた振りで孫が生まれる。
やっと一人がくつろぐだけの
この座布団《ざぶとん》も中身は石
三年すわれば白髪《しらが》になろう、
買わないか?

金の値打ち
品物の値打ち
卒業証書の値打ち
どうしてこの界隈《かいわい》では
そんな物ばかりがハバをきかすのか。

無形文化財などと
きいた風《ふう》なことをぬかす土地柄で
貧乏のネウチ
溜息《ためいき》のネウチ
野心を持たない人間のネウチが
どうして高値を呼ばないのか。

四畳半に六人暮《くら》す家族がいれば
涙の蔵が七つ建つ。

うそだというなら
その涙の蔵からひいてきた
小豆《あずき》は赤い血のつぶつぶ。
この汁粉　飲まないか?

一杯十円、
寒いよ今夜は、
お客さん。

どうしても買わないなら
私が一杯、
ではもう一杯。

これは落語風のざれ唄とも見える。しかし、庶民の言葉、庶民の生活が悲愴感でなく、出ている。もし、この詩をほめたたえる人がいたら作者の石垣は「みなさん、私をそんなにほめないでください」と言うだろう。「私はただ、真実の声に従わないではいられなかった、それだけです」と言う。それが彼女の生き方であり、詩精神なのだ。

前出の詩「日記より」を見ても明らかなように、どの国、どの時代も、政府は戦争準備の金は出しても、貧しい者たちにはいつでも、「余裕がない」としか言わない。

この詩「落語」も、庶民の生活の中から生まれた詩である。

# 第五章　老夫婦へのまなざし

『プッペ』という薄っぺらな雑誌がある。ドイツ語で人形という意味のこの雑誌は、同名の会社プッペ（千代田区神田神保町一の三）から出た。一九六〇年（昭和三十五）十月の創刊で、わたくしの見たのは一九六一年三月（第六号）までである。

この雑誌『プッペ』第五号（一九六一年二月）に石垣りんの童話「おばあさんのとなり」が載っている。

よこちょうにある家、といえば、なんとなくごみごみした貧乏くさい暮しをかんがえるでしょう。

たしかに街のまんなか、それも大通りを横にそれた細い道のほとりに建っている、ちいさな家のことです。

けっして人目につく立派なものも、大きなものもありません。板切れをぶっつけたような、目かくしほどの門があるこの家、そこにおじいさんとおばあさんが暮しておりました。

このように物語は始まる。この老夫婦はたいへん仲良く暮らしていた。この家には表札が見当たらなかった。作者は、「表札の名前がいりようなのは、郵便配達の人ぐらいかもしれません」と書いている。おじいさんとおばあさんは、「たんせいこめて」バラの木を育てていた。そのことを作者は次のように記す。

バラが枝いっぱいに花を咲かせて、板がこいの上から、通る人に匂いかけるとき「ここにおじいさんとおばあさんが住んでいます」と、話しかけるようでした。バラは、おじいさんとおばあさんの表札のようでもありました。

表札に関心がある石垣らしい書きぶりである。ところで、この老夫婦に事件が起こる。

ある日、その板がこいの門に黒白の幕がはられ、町会の旗が一本、黒い布をつけて立てられました。

おじいさんが亡くなったのである。おばあさんは、どうなったのだろう。気になるところである。この家を閉めて、おばあさんはどこかへ行ってしまったのだろうか。

続きを見てみよう。

お葬式がおじいさんをお送り出したあと、おばあさんがひとり、のこされました。あたたかい春の陽ざしのなかで、バラの花は、おじいさんがいなくなっても咲いていました。

ふうーん、そうなんだ。おばあさんはどこにも行かずに、元気にこの家で暮らしているんだ。するとこの話はこれで終わりなのだろうか。

いや、じつはこの先がある。

「おじいさんどこへ行ったんだい？」
「おじいさん死んだのよ」
「死んでどこへ、行ったんだろ」
「死んだから、もういないのさ」

子どもたちは口々に、おじいさんのことを話し出す。そして、ある日、子どもたちはおばあさんを見つけて、「おじいさんはどこへ行ったの?」と尋ねる。すると、おばあさんは次のように言った。

「おじいさんは、私のとなりにいますよ」

子どもたちは、この答えにびっくりする。変なことを言うおばあさんだなあ。そして、本当におばあさんの家の隣に住んでいる男の子が、こう言った。

「いやだよ、となりはぼくの家だよ」

ここで、みんなが大笑い。そして、おばあさんは「そうそう、となりは坊やの家だったね」と申し訳なさそうに笑う。

これは、コント(笑いの一口話)である。しかし、作者(石垣りん)が読者の子どもたちに伝えたかったものは何だろうか。

最愛のおじいさんが死んでも、「おじいさんは、私のとなりにいますよ」と言うおばあさんは、心の中におじいさんのことを持ち続けているというのだろう。
この作品の最後は次のとおり。

おばあさんはまえとかわりなく、静かに、泣きもしないで暮しております。赤いバラの花の咲く家の、おはなしです。

おじいさんが死んだとき、おばあさんは泣いたことだろう。しかし、いつまでも泣いてはいなかった。間もなく立ち直り、静かに暮している。これが日常を生きるということなのだ。そして、この作品のタイトル「おばあさんのとなり」であるが、これはどのような意味を持っているのだろうか。それは作者の石垣りん自身が、このおばあさんの隣に住んでいるということのみならず、このおばあさんのように、たとえ最愛の人と死別しても、気弱にならず、凛として生き続けたいという心情を、さりげなく告白したものである。わたくしは、そのように理解した。
おばあさんのとなりに住んでいる石垣りんの所在地明示であるのみならず、自分自身もこのおばあさんのように「静かに、泣きもしないで」生きていきたいという願いが込められている。

# 第六章　一枚の葉書

ここに一枚の葉書がある。石垣りんが加宮貴一《かみやきいち》に宛てたものである。一九七七年（昭和五十二）六月十五日、東京の千鳥《ちどり》（大田区）の消印が押してある。

加宮貴一（一九〇一―一九八六）は岡山県生まれの小説家。川端康成、横光利一らの雑誌『文芸時代』の同人だったことがある。『一斤《いっきん》のパン』（一九二四年）『屏風物語』（同前）等の著書がある。昭和の戦後、東京文京区の区議会議員を長く務めた。

葉書の文面は次のとおり。

五月七日に突然お邪魔して、すっかりご馳走になって、それからもう一ヶ月余りたってしまいました。先生が前よりずっとお元気で、うれしうございました。私はおそろしいほどものが書けないで、気持ばかり重くしております。それをとっぱしたい、などと大げさな思いで、いまごろお礼申し上げます。どうぞおゆるし下さい。

六月一五日

これだけの、いたって簡素なものである。しかし、文字は大きく。しかも、楷書でたいへん読みやすい。全部で九行、黒インクで記してある。

筆跡からうかがえるのは、大胆でおおらかな気性である。まるで石垣りんの詩稿を見ているようである。石垣は、詩の原稿もこのような大きな、かつ、整った字で書いていたのであろう。わたくしはそんなふうに思った。

**注記**

第一章の文章の初出は、拙稿「書評『ユーモアの鎖国』」（『埼玉新聞』昭和四十九年・一九七四年十一月二十四日〈日曜日〉文芸欄）。本稿は初出をもとに加筆した。

**引用の詩篇および文章**

・石垣りん『ユーモアの鎖国』（北洋社　一九七三年二月）
・石垣りん「心を打った男たち――福田正夫」（『日本経済新聞』一九七七年八月一日〜三日）
・茨木のり子　エッセイ「美しい言葉とは」（岩波書店『図書』一九七〇年三月号）
・石垣りん　詩「崖」「私の前にある鍋とお釜と燃える火と」

※「崖」は詩集『表札など』に、又、「私の前にある鍋とお釜と燃える火と」は同題名の詩集に所収。
・石垣りん　エッセイ「犯された空の下で」（『朝日新聞　夕刊』一九七二年七月二十六日）
・石垣りん　エッセイ「仕事」（『図書』一九七一年二月号）
・石垣りん　詩「日記より」「貧乏」「落語」
※これら三篇の詩に対するわたくしの初見は本文の通りであるが、「日記より」と「貧乏」は詩集『私の前にある鍋とお釜と燃える火と』に、又、「落語」は詩集『表札など』にそれぞれ所収。初見のものと詩集初見のものとに大きな差異はない。よって、ここでの引用は初見のものに拠る。
・石垣りん　童話「おばあさんのとなり」（『プッペ』第五号　一九六一年二月）

**参考**

加宮貴一に宛てた石垣りんの葉書写真は、口絵③を参照。
この葉書を通して、石垣りんの人となりの一面を知っていただけたら幸いである。

# 第二部　吉野弘の世界

# 第一章　アンソロジー詩集『イヴへの頌』から

清岡卓行が編集したアンソロジー詩集『イヴへの頌《しょう》』（詩学社　一九七一年四月）という分厚い本がある。タイトルの「イヴへの頌」からもわかるように、中身は女性及び女性的なるものを素材とした詩篇の集成である。年齢順に多くの詩人の作品が掲載されている。具体的に言うと、堀口大学、尾崎喜八、西脇順三郎、田中冬二、金子光晴、壺井繁治といった先学の詩人から、三木卓、渡辺武信、吉増剛造、岡田隆彦、長田弘といった比較的若い後学の詩人に至るまで総勢七十五名がそれぞれ思い思いの作品を寄せている。そして、タイトルからも察せられるように、収録詩人は、すべて男性である。近年は男か女かという性差に拘るというよりも、もっとフラットな感性が出現しているが、とりあえず、このアンソロジー詩集の中身を見てみよう。

竹中郁《いく》という詩人は、次の作品を寄せている。

ぴっちりと身に食い入るように

蛇いろの衣裳をつけて
かの女《おんな》は舞台に現われた

かの女の瞳はよく動いた
かの女の腕は露《あら》わだった
うしろ向きの背が香《かぐわ》しかった

予《よ》は五歳か六歳だった
かの女は「永昌法」とやら呪文めく
掛声うるわしくピストルを鳴らした
骨牌《カルタ》を数かぎりなく口から吐き出したり
目かくしをした少女を宙に飛ばせた
棺の中の黒ん坊を輪切りにもしてみせた
予はその夜　ねむれなかった

どこへなりと　かの女についてゆきたかった
忘れられないあの眼つき　あの声音《こわね》

昭和十九年十一月十四日付け新聞は
片隅にかの女の死を報じる
七号活字で　いと小さく

本名中井かつ　東京出身
天一《てんいち》の弟子にして　行年五十九
ああ　はじめて予に恋を植えつけた魔女
松旭斉天勝《しょうきさいてんかつ》は土に帰した
そうして光る蛆《うじ》になった
（＊仮名遣いは現代仮名遣いに改めた）

「魔女追慕」と題する詩である。詩人竹中にとっての少年時の体験が下地になっている。ここで、わたくしは芥川龍之介や志賀直哉の短篇小説を思い出した。具体的に言うと、芥川の「トロッコ」（『大観』大正十一年二月）や志賀の「真鶴《まなづる》」（『中央公論』大正九年九月）である。両方とも、少年を主人公にしている。そして、その少年が、あることにあこがれてついていくのである。「トロッコ」ではトロッコを押す土工たちについていくのである。少年の名は、良平である。また、「真鶴」では法界節《ほうかいぶし》を流して歩く一行の中の、月琴《げっきん》を弾く女に魅せられ、ついていく少年である。少年の名は明かされず、ただ、「彼」とだけ記されている。真鶴は周知のように、伊豆半島や小田原に近い。また、「トロッコ」の冒頭には、「小田原熱海間に、軽便鉄道敷設の工事が始まったのは、良平の八つの年だった。」とあり、「真鶴」と「トロッコ」は作品の舞台が近似している。しかし、わたくしが注目するのはこの二つの作品がいずれも大正期の作品であるということだ。大正期の子ども（少年）は、トロッコや月琴を弾く女に魅せられ、後を追ったということである。

関東から関西に目を移して、大正期及び昭和初期の少年は、いったい、どんなことに耳目を奪われていたのだろうか。そのような問題意識で見てみると、この詩「魔女追慕」が視界に入ってくる。

これは、女性の魔術師松旭斉天勝にあこがれた少年の詩である。いわゆる、女性魔術師へのオマージュ（ほめ唄）である。少年の時期は、当時珍しいとされたトロッコや、月琴を弾く女、そして魔術師に惹かれる。しかし、それは、遠くにあるものへの「あこがれ」であり、カアル・ブッセの詩の一節にある「山のあなたの空遠く　幸いすむと　人の言う」という類のものであったかもしれない。思春期の少年が抱く異性への「あこがれ」である。

しかし、この詩「魔女追慕」は単なる、少年の思慕に終わらない。末尾は、とてもシニカルである。アイロニーに満ちている。魔女の正体が、明かされていく。それは不思議な魔術を駆使し、不老不死であると思われた魔女が、ついに死んだからである。魔女の名前が明らかになり、かつて恋い慕った存在が骸《むくろ》となる。そして、かつての少年の脳裏には、「ウジ虫」と化した魔女の姿が浮かぶ。残忍ともいえる映像であるが、これが現実なのだ、かつての少年よ、目覚め給え、と自分自身に呼び掛けている。

あこがれの存在が一個の骸と化したというのは、何とも皮肉な結末であるが、それは夢見る「少年の時間」の終わりを告げるものだった。

詩人は自分の五、六歳の時の「イヴへの頌」を反芻しながら、後の「夢の崩壊」を綴っている。それは、老いさらばえた小野小町の姿を見るようでもあった。

ところで、次の作品がある。

入江のように湾曲した線は
つけねに消える
強いアクサンをのこして

深いもやの向うに
太陽があるように
まんなかはにぶく光って盛りあがり
空気がまるく　そこをとりまく

このなかで夢が醗酵する
熟《う》れない前の水蜜の
むせる匂い

これは草野心平の「乳房」と題する詩。「イヴへの頌」という題材で詩人は、とっさに乳房を思い浮かべたのだろう。イマジネーションの広がっていく様子が、うかがえる。

ところで、「イヴへの頌」という同じ題材でやはり、乳房を思い浮かべた詩人がいる。その詩人の詩は、次のとおりである。

若い娘――

あなたがどんなにつつましく
仕合わせに向かって控え目でいても
あなたの胸のふくらみは
青白く緊張し
不当と思えるほど上向きに突き出し
夏のうすものの下では
ほとんど
とがってさえ見える。

それはまるで
能力以上の旅装をととのえた
盲《もう》の船首の
かがやかしい顔つきのようで
男を
恐怖でとらえるのに充分な形だ。
男は、だから

船の行手《ゆくて》に立ちふさがる
きりたった岩の壁
あるいは
暗礁のような伴侶にすぎないのではないかと
心中《しんちゅう》、深く恥じもして
しかし素知らぬふりを押し通す。

つまり、男は

男の手に負えないあの乳房の
ただならぬ主張のふくらみを
男本位な
愛らしい、形の良い部分としか
女に教えないのだ。

吉野弘の詩「乳房に関する一章」（注1）の全文である。

これは、女性の乳房を歌ったものだが、草野心平の短い詩と違って、実によくわかる。草野の詩はシュールすぎて、イメージを追いかけていくと、どこかで分からなくなってしまう。それに対して、吉野の詩は、具体的で、よくわかる。しかも、男の側からの一方的な語りでなく、女に語りかけ、しかも、男でも女でもない第三者の立場から、諄々と語りかける、独善的でない「やさしさ」が漂ってくる。実に、不思議な詩である。

「若い娘」にやさしく語りかける。しかも、女が自分自身でつかみかねている「わからない部分」を、知恵者の仙人（太古から人間の生きざまを見つめてきた仙人）が明らかにする。そのような詩である。

# 第二章　割れた皿からの発想

吉野弘という詩人には、次の作品がある。

割れた皿を捨てたとき
ふたつのかけらは
互いにかるく触れあって
涼しい声で
さよなら　をした。

目には侘《わ》びしく
耳には涼しい　さよなら　が
思いがけなく

身に沁みた。

ちょっとした皿だった。
鮎が一匹泳いでいる
美しくない皿だった。

ごく　ちょっとした皿だったけれど
自分とさよならするのは
たいした出来事だったに違いない。

皿のもろさは
皿の息苦しさだったに違いない。

ちょっとした道具だったけれど
皿は　自分とさよならをした、

ついでに　僕にも
涼しい　さよなら　聞かしてくれた。

さよなら！

人間の告別式は仰山《ぎょうさん》だった。

社内きっての有能社員に
ゆらめくあかりと
たくさんの花環《はなわ》と
むっとする人いきれと
数々の悼辞《とうじ》が捧げられた。

悼辞は　ほめかたを知らないように
どれもみな同じだった。

――君は有用な道具だった
――有用な道具
――道具
――具

遺族たちは　嬉しさと一緒にすゝり泣き
会葬者《かいそうしゃ》は　もらい泣き
花環たちも　しおれた。

ききわけのよい
ちょっとした道具だった。

ちょっとした道具だったけれど
黒枠《くろわく》の人は
死ぬ前に
道具と　さよなら　したかしら。

これは「さよなら」と題する詩。初出は詩誌『櫂《かい》』第十号であるが、ここに載せたのは日本文芸家協会編『日本詩集　一九五七年編集』(三笠書房　昭和三十二年一月)所収のものである。のち、詩集『消息』(自費出版　一九五七年五月)及び『幻・方法』(飯塚書店　一九五九年六月)に所収された。

この詩を読むと、わたくしは石垣りんと吉野弘との共通点というか、接点を感じる。二人とも鋭敏な詩人である。人の死に関しては誰しも、何らかの感慨を覚える。怒り、悔しさ、やるせなさなど。それは亡くなった人自身に向けられる場合もあるが、むしろ、葬式に参列している人たちの姿から立ち上ってくる感情である。死者は何も物を言わないが、死者に成り代わって思いのたけをぶちまけたいと思う参列者もいるであろう。

「割れた皿を捨てたとき」という一点から、この詩は始まっている。割れた皿と、それを捨てる自分との関係が、有能であったが死んでしまった社員とそれを儀礼的に弔う社員との関係に置き換えられていく。

社内でいくら有能であっても、死んでしまえば周りは薄情なものだ。何か虚しい。美しくもなく、どこにでもあるような平凡な「皿」であったが、「自分とさよならするのはたいした出来事だったに違いない」。「自分とさよならする」というのは、自分が自分でなくなること、つまり、割れた皿が捨てられ、粉々になってしまうということである。人間であれば、死んで灰になってしまうということだ。「ちょっとした道具だったけれど　皿は　自分とさよならをした」このことを身をもって体験した詩人は、今度は会社の働き者の社員との死別、葬式の場面に遭遇する。詩人ががっかりし、怒りを感じたのは、その数々の悼辞だった。それらは紋切り型だった。言葉の表現に敏感な詩人は、それらが我慢ならなかった。

そして、詩人は再び、自分と皿との別れを想起する。それは人間と物との別れであった。また、自分が目撃してきたのは、人と人との別れである葬式の場面である。

詩人は最後に呟く、「黒枠の人」は果たして、死ぬ前に「道具とみなされる存在」から自己脱出を図っただろうかと。

皿は人間の「僕」によって割られることで、「息苦しさ」から解放され、昇天した。社内きっての「有能社員」は「死ぬ前に」少しでも「息苦しさ」から解放されることがあったであろうか。

皿と有能社員、それぞれの身の上を語りながら、詩人は、働かされ、利用されて生きるだけのむなしさを表現したかったのではなかろうか。そういう点で石垣りんと吉野弘は労働者としての共通認識を持ち、鋭い英知と感受性を働かせている。

# 第三章　「犬とサラリーマン」「雑草のうた」における擬人化

何気なく雑誌『詩学』の古い号（第八巻第十号　昭和二十八年十月号）を見ていたら、吉野弘の作品が載っていた。「記録」「犬とサラリーマン」「雑草のうた」の三篇である。「記録」の最終の第五、六連は、次のとおりである。

野辺で
牛の密殺《みっさつ》されるのを見た
尺余《しゃくよ》のメスが心臓を突き
鉄槌《てっつい》が脳天を割ると
牛は敢《あ》えなく膝を折った。
素早く腹が裂かれ
鮮血がたっぷり

若草を浸したとき
牛の尻の穴から先を争って逃げ出す無数の寄生虫を目撃した。
　いきなり吐き気がした。

　生き残ったつもりでいた。


　第五連の「野辺で」から「いきなり吐き気がした。」までは、原文では改行せずに続けているが、ここでは意図的に改行してみた。その方が詩として音読するとき、迫力が出ると判断したからである。

　また、第五連の最終行「いきなり吐き気がした。」は、詩集『消息』所収の「記録」では省かれている。

　ところで、この詩「記録」は最終の第五、六連を見る限り、野辺で密殺される牛の姿を詩人が目撃した驚きが動機になっているかのようである。密殺とは言うまでもなく、ひそかに殺されることである。この「ひそかに殺されること」と詩人の「生き残ったつもりでいた」という述懐は、どのような関係があるのだろうか。

　この詩の冒頭部分を見てみよう。

首切案《くびきりあん》の出た当日。
事務所では、いつに変わらぬ談笑が声高に咲いていた。
さりげない
その無反応を僕はひそかにあやしんだが、実はその必要もなかったのだ。
翌朝、出勤はぐんと早まり
僕は遅刻者のように捺印《なついん》した。

ここを読むと、詩人はある職場で働いている一人の労働者であることがわかる。そして、会社側から出された首切案というのだから、仲間の何人かが解雇されたのだ。なぜ解雇されたのか。ストライキを先導したからだろう。

すると、この詩の後半部（第五、六連）が読めてくる。牛とは、ストライキに参加した労働者の集合体である。密殺されるとは、こっそりとこの集合体が解体されることである。甘言を使い労働者の集合体（つまり、労働者組合）の個々人をばらばらにすることである。こうして経営者は胸をなでおろし、ほくそ笑む。

では、こうした状況の中で詩人は、いったいどうしたのであろうか。

ストライキに参加したわけでもない。一人の傍観者だった。しかし、この傍観者は経営者と労働者との「静かな戦い」をしっかりと見ていた。そして、自身が「遅れてきた労働者」であることの恥を自覚している。第六連の「生き残ったつもりでいた」という重い一行が、その恥の気持ちを示している。生き残ったつもりでいたが、実はその後、再び密殺される時が必ず来る。そのことを詩人は自覚したのである。

もう一つ別の詩「雑草のうた」を見てみよう。

いちめん　ぼうぼうの
小面憎《こづらにく》さ。
根こそぎにしたいと思う。

が
こいつら
蜥蜴《とかげ》のように

みずからを断つ
思いのほかの
厳しさを持ち

むしれば
ためらいもなく
茎
ふっつりと　切れ
素っ気なく　根は潜《ひそ》み
只に狡猾《こうかつ》とのみは言いきれず
猛烈に繁殖するものの
強さを思った。

これは、よくわかる詩である。何ら難しいところはない。雑草の強くて、しぶとく生きる姿を描いている。これがわたくしには、詩人が人間の生きる姿と比べているように見える。すなわち、詩の中には出していないが、詩人の脳裏には人間の生きる姿と雑草の生きる姿とが比べられているのである。

雑草は、蜥蜴が自らの尻尾を切ることがあるように、自らの身体を切ってしまう「厳しさ」をもっている。つまり、雑草は、人間が手をかけると茎が「ふっつりと」簡単に切れてしまうのだ。だが、その根はしぶとく生き続けている。そうした雑草の生きる姿は、単に「狡猾」（ずるく、しぶとい）という形容では言いおおせない。それは「猛烈に繁殖するもの」の「強さ」なのだなあと詩人は驚く。この驚きは、感動と言ってもいいが、生きる者の「生きる貪欲さ、たくましさ」とでもいうべきものであり、詩人はそれに圧倒されつつ、自分もひそかに見習いたいと願っている。

さらに言うと、これは自己抑制及び、肥大化する人間欲望の遮断を意味するようにも思える。しかも、それが猛烈に繁殖するというのは一種の逆説のようであって面白い。つまり、一見、欲望の抑制や遮断をしているように見えて、実は猛烈に繁殖しているのだから、これは不思議である。欲望の抑制や遮断は、繁殖でなく枯渇につながるのが普通である。それがそのようにならず、枯渇するどころか、猛烈に繁殖するのだから、雑草って何て不思議な生き物だろうと詩人は驚いているのである。

さて、『詩学』第八巻第十号（昭和二十八年十月号）に掲載の詩「犬とサラリーマン」を見てみよう。

また来た。
ビスケットを投げたが、やっぱり食わない。
黙って、僕を見つめている。

初めて来たとき、魚の骨を投げた。
食わなかった。
そのあとも、来るたびに何かを投げたが
一度も食わなかった。

やせた黒い犬だ。
鑑札もない。
愛想もない。
食わない。
そのくせ　毎日のように　台所へ顔を出すのだ。

僕は　しびれをきらしていた。
何とか言ってもらいたかった。
ふと
僕はそれまでの　思いあがったほどこしが悔やまれた。

その夜　僕は黒い犬と一緒にいた。
僕は犬に何も与えず　犬も欲しがらず　黙って一緒にいた。
星が美しく　犬の眼がやさしかった。
それ以上に　僕の眼がやさしかったのかもしれない。
しばらくして　犬は
飼い犬の経験を話そうかと言ったが
そうすれば　僕はサラリーマンの経験を話さねばならないだろうし
身の上を慰め合うのはつらいから　よそう　と僕は答えた。

そんな淋しい夢を抱えて

僕は翌朝
いつもの道を出勤した。

この詩を少しずつ読んでいくと、はたして、この詩に登場する「やせた黒い犬」は本当に動物の犬なのだろうかと思う。初めは、確かに犬のイメージである。しかし、だんだん読んでいくと、それは犬ではなく人間のイメージになる。しかも、その犬は動物ではなく、人間の若い女性の像へと変化していく。この詩の不思議さ、面白さはそこにある。すなわち、どこかからふぅっとやって来た不思議な野良犬が、いつの間にか詩人の家に住みついて家族の一員のようになってしまう。しかも、この家において姿を見せるのは詩人とこの黒い犬なので、二人だけで過ごす時間が濃密である。

特に第五連の「その夜　僕は黒い犬と一緒にいた。」から、詩人の感情が高まっていく。「犬の眼がやさしかった」、それ以上に「僕の眼がやさしかったのかもしれない」と詩人は書いているが、この表現は詩人の自己ボメ（自慢）などではなく、犬が優しい表情をしたのは、対面する「僕」（詩人）自体が優しい表情をしたから、以心伝心で伝わったのだろうと判断したからである。

そして、お互いに過去の経験や何かを話そうとするが、「身の上を慰め合うのはつらいからよそう」と詩人が言って、この試みは行われない。次の朝、詩人は「そんな淋しい夢を抱えて」出勤する。

しかし、この二人（詩人と犬）は一緒に一つの家に住み、ようやくお互いの身の上を語りだそうとするくらいに親しくなったのだから、すべてはこれからだという感じがする。「淋しい夢」をかかえつつも、どことなく明るい未来を展望することができる。だから、この詩は明るい未来に向かって「開かれた詩」だということができる。

「やせた黒い犬」が、いつのまにか詩人の恋人のようになって、この家に住みついてしまう。お互いに貧しい身の上であるけれども、二人して生きて行けば何か良いことに出会えるかもしれない、そのような予感と期待を抱かせられる。

なお、この詩「犬とサラリーマン」は詩集『幻・方法』（飯塚書店　一九五九年六月）に所収された。但し、初出の『詩学』掲載稿と一部、違いがあるが、ここでは初出稿を示しておいた。

# 第四章　「子どもとは何か」への解答

次の詩を見てみよう。「原っぱで」と題する作品で、雑誌『プッペ』第三号（昭和三十五年十二月）に載っている（注2）。

凧を　太陽のそばにやらないでエ
　かぜが太陽のほうに吹いてるんだ
　しかたがないよ
どうして？
だって「太陽は火だ」って　おとうちゃん
言ったじゃないの　凧が燃えちゃう
　――だいじょうぶだよ　太陽は

ズッと遠いんだから

でも　くっつきそうだよ
もう　凧をおろして　凧をおろしてヨッ
　いいかい　みてるんだよ　凧を
糸を　どんどんくれてやる

駄目ッ　糸をやっちゃ
　糸をどんどんくれてやる　ほら　凧が太陽より
　ズッと高い　夕日はもう沈むだけ

もっと糸をやって
凧をもっと高くして　もっと高くして

この詩では親子で凧揚げをしている、ほほえましい情景が目に浮かぶ。また、親子の会話がそのまま詩の言葉になっている。

子ども（たぶん、女の子）は「凧を　太陽のそばにやらないでエ」と言う。それに対して親（たぶん、父親）は「かぜが太陽のほうに吹いてるんだ。しかたがないよ」と言う。すると、子どもは言う、「だって『太陽は火だ』って　おとうちゃん　言ったじゃないの　凧が燃えちゃう」。それに対して親は言う、「だいじょうぶだよ　太陽は　ズッと遠いんだから」。しかし、子どもは納得しない。「でも　くっつきそうだよ。もう　凧をおろして　凧をおろしてヨッ」と叫ぶ。

たいへんユーモラスな凧揚げ風景である。この詩の面白さは、地球の地面から見た場合の太陽の位置と、空に上がる凧との位置がほぼ同じに見えるという現象である。すなわち、地球の地面から太陽までの距離はずいぶん遠くて、測定できないほどであるのに、地面から空に浮かぶ凧までの距離はせいぜい六、七〇メートルにすぎない。だが、地面から肉眼で見た場合、凧と太陽は、ほぼ同じ所に浮かんでいるように見える。だから、子どもは凧が太陽の熱火に焼かれてしまうと心配するのである。

「凧が太陽にくっつきそうだよ。もう　凧をおろしてヨッ」と叫ぶ子どもに対して父親は、凧をおろすどころか、「いいかい　みてるんだよ　凧を。糸を　どんどんくれてやる」と言って、凧をどんどん上へ上へと上昇させる。そして、ついに、凧は太陽の上にあがってしまう。そして、夕方になり、太陽は下がって沈んでいく。こうした凧と太陽との位置関係の逆転の現象をとらえた描写も面白い。

「凧が太陽にくっつきそうだよ。もう　凧をおろしてヨッ」と心配して、叫んでいたさっきの子どもは今度は、まるで人が変わったかのように、「もっと糸をやって　凧をもっと高くして　もっと高くして」と叫ぶ。太陽が沈む、夕日の時になると、子どもは前とがらりと変わって、「凧をもっと高くして　もっと高くして」と叫ぶ。これこそ矛盾などではなく、天真爛漫な子どもの姿である。それを詩人は父親と子どもの会話で、見事に描き出している。子どもとは何かという大きな問題について抽象的に、また、概念的に答えるのではなく、子どものちょっとした何気ない言葉や生活の断面、遊びの一部を示して、詩人は子どもとは何かという問いにストレートな答えを出しているのである。

# 第五章　言葉を楽しむ――「漢字喜遊曲」など――

かつて、吉野弘の詩の世界について、わたくしは次のように書いた（注3）。

・・・・・・・・・・・・・・・・・・・・・・・・・・・・・・

吉野弘は大正十五（一九二六）年一月、山形県酒田市で生まれた。酒田市立商業学校卒業後、石油会社に就職。徴兵検査を受けて入隊することになっていたが、入隊の五日前に敗戦となる。戦後、労働運動に参加し、結核を発病。三年ほど療養し、職場に復帰する。詩は『詩学』『今日』『櫂』などに発表。酒田市の詩誌『こだま』長野市の詩誌『種子』にも参加。詩集には『消息』『幻・方法』『10ワットの太陽』『感傷旅行』『北入曽』などがある。『感傷旅行』で昭和四十七年度読売文学賞を受賞し、現在、埼玉県の狭山市に住んでいる。

吉野の詩を幾つか取り上げて、その世界を眺めてみよう。

まず、「君も」と題する詩。

僕と同じように　君も
ささやかな朝の食事のあと
鏡にうつしたワイシャツ姿の首を
ネクタイで締め上げ
苦悩の人が死ぬのを見届けてから
此処《ここ》へ来たのだろうか。
みがかれた靴をはき
家族とさよならをして。

朝のひととき
机に積み上げた書類の山を前に
一服の煙草《たばこ》を
うまそうに吸っている
親しい友
かすかに不敵な横顔。

だが　いつまで持ちこたえるだろう
苦悩の人を殺し　また　蘇《よみがえ》らせるくりかえしを。

蘇りのときの
次第に稀《まれ》になってゆく焦燥《しょうそう》の中で
ぼんやりと
夜
ラジオ番組の全部を
聞き終えてしまうことはないか
僕と同じように
君も。

この詩「君も」は詩集『消息』に所収。この詩に読者が吸い込まれてゆくのは、日常の生活現実に疲れ尽くしたサラリーマンの姿が、まさに自分自身に他ならないと実感するからである。冒頭から、詩人は、我々に身近なサラリーマン風景を、朝から点描していく。それは一見、何の変哲もない、まさにありふれた風景である。しかし、その中に、ぎょっとするおぞましい深淵を不意に提示する。

それは、第一連第三行目「鏡にうつしたワイシャツ姿の首を」から始まる。「鏡にうつしたワイシャツに、ネクタイを締め」だったら、別に驚かない。「ワイシャツ姿の首を　ネクタイで締め上げ」、そのあと、「苦悩の人が死ぬのを見届けてから　此処《ここ》へ来たのだろうか」と続くので、驚いてしまう。なかなか意味深長である。家に病人がいたんだろうかと考えても無意味である。なぜなら、「苦悩の人」とは、「君」自身であり、また、「僕」自身であるからだ。ネクタイで首を締め上げて家を出た「君」は、「君」自身を殺してきた殺人者なのである。「君」とか「僕」とか言っているが、実は、詩人が自分を対象化してとらえたとき、それは「君」となり、自分を主観的にとらえたとき、それは「僕」となる。この詩人の表現技法の特徴は、こうした二つの面から自分をとらえ、表現していることである。それは読者にとっては多少わかりにくくなるが、作品それ自体は奥行きのある味わい深い作品となる。

そして、この詩は、抑圧されるのに慣れてしまうことが如何に恐ろしく、かつ悲惨残酷であるかを読者に、イメージとして刻印する。

また、もう一つ、この詩の第二連で「一服の煙草《たばこ》を　うまそうに吸っている」親しい友の姿が描かれている。この友の横顔には、かすかに「不敵さ」が漂う。「親しい」友であるのに「不敵さ」が漂うというのは、安心安全でないということだ。複雑な親友である。われわれの生活現実を象徴している。

「苦悩の人」という言葉から、わたくしは詩人フランシス・ジャムの詩の一節を想起した。「驢馬《ろば》が、小屋の暗い片隅で、古縄をしゃぶって寝てしまった。」その驢馬には、抑圧をはねかえす気力さえ、失われていた。人間がいつの間にか、この驢馬のように見えてしまう。そういう社会の生活現実が確かに存在していた。

吉野に「フランシス・ジャム先生」と題する詩がある。

一日の終り
小屋につながれた驢馬。

驢馬は気の毒な程
沢山の仕事をした。

驢馬は燕麦《えんばく》を食べなかった。
飼主《かいぬし》が貧しいので。

敷藁《しきわら》の上に膝を折り　驢馬はゆっくり
縄の手綱《たづな》をしゃぶる。

通りかかって
小屋をのぞいたジャム先生が
胸をうたれて言うことには
「ああわかるんだね　縄の味が！」
ジャム先生も縄をしゃぶる
神さまとの繋縛《けいばく》をしゃぶる。

古い縄で
大方《おおかた》かえりみられない味だが。

「気の毒な程」「沢山の仕事をした」驢馬は、「飼主が貧しいので」、飼料の燕麦を食べなかった。そして驢馬は敷藁の上に膝を折り、「縄の手綱」をしゃぶった。近くを通りかかって驢馬の小屋を覗いたジャムは、胸を打たれて「ああわかるんだね　縄の味が！」と言ったという。
なお、詩「フランシス・ジャム先生」は詩誌『麦』第二号が初出。のち、詩集『幻・方法』に所収。なお、この詩「フランシス・ジャム先生」は堀口大学翻訳の『フランシス・ジャム詩集』（新潮文庫）を参照している。前掲の詩「フランシス・ジャム先生」の第二連と第三連は堀口訳の引用である。

日々を過《す》ごす
日々を過《あやま》つ
二つは
一つことか
生きることは
そのまま過ちであるかもしれない日々
「いかが、お過ごしですか」と
はがきの初めに書いて
落ちつかない気分になる

「あなたはどんな過ちをしていますか」と
問い合わせでもするようで――

これは「過」という詩。詩集『北入曽』（青土社　一九七七年一月）に所収。詩人はこの詩とは別に「漢字喜遊曲」という題の詩群を書いているが、わたくしの見るところ、この詩「過」もその詩群に入れていい一篇である。

母は
船の一族だろうか。
こころもち傾いているのは
どんな荷物を
積みすぎているせいか。

幸《さいわ》いの中の人知れぬ辛《つら》さ
そして時に
辛さを忘れてもいる幸い。

何が満たされて幸いになり
何が足らなくて辛いのか。

舞という字は
無に似ている。
舞の織りなすくさぐさの仮象
刻々　無のなかに流れ去り
しかし　幻を置いてゆく。

——かさねて
舞という字は
無に似ている。
舞の姿の多様な変幻
その内側に保たれる軽《かろ》やかな無心
舞と同じ動きの。

器《うつわ》の中の
哭《こく》。
割れる器の嘆声か
人という名の器のもろさを
哭《な》く声か。

これはまさに、題名どおりの「漢字喜遊曲」。詩集『北入曽』に所収。すべて、漢字の字形から思い浮かんだものを、詩にしている。まず「過」を読んで、さすがだと思う。「母」「幸と辛」の所まで読んでくると、このくらいなら自分もやってみようという気持ちになる。だが、やってみると、意外に難しい。そして、例えば「舞」の所を読む。さすが、吉野弘でなければできないと感じる。「漢字喜遊曲」という一連の「言葉遊び詩」は、なかなかユーモアがあり、読んでいて楽しい。また、詩「過」は言葉遊びに警句の要素が加わっており、生きることの切なさと出来事の意外さを示していてみごとである。遊びの要素を持ちながら、さらにアフォリズムをからませ、言いたいことをズバリと言い切るこの詩法は吉野詩の特質と言える。詩形がさりげなく単純であるが、現実に対する詩人の目配りが広く豊かであることが特徴である。

「言葉遊び」から発想された詩に、次の詩がある。

スキャンダルは
キャンドルだと私は思う。
人間は
このキャンドルの灯《ひ》で、しばし
闇のおちこちを見せてもらうのだと私は思う
みんな
自分の住んでいる闇を
自分の抱《かか》えている闇を
見たがっているのだが
自分ではスキャンダルを灯《とも》すことができないので
他人の灯したスキャンダルで
しみじみ
ひとさまの闇を覗《のぞ》くのだと私は思う。
自分の闇とおんなじだわナ、と

納得するのだと私は思う。
スキャンダルは
キャンドルだと私は思う。

「ＳＣＡＮＤＡＬ」という題のこの詩を読むと、吉野弘の詩の世界が、よくわかる。なお、「ＳＣＡＮＤＡＬ」は、詩集『北入曽』に所収。

語呂合わせのようにして始まるこの詩の世界が、読み進むにしたがって彼の独自な世界に導かれる。スキャンダルに惹かれる人間心理を深く洞察している。しかも、この詩は、だから、あなた方はこうしなさいとか、ああしなさいなどと述べていない。洞察しているだけだ。詩を読む者にこうしろ、ああしろと迫っていない。

人は「自分の住んでいる闇」「自分の抱《かか》えている闇」を見たいのに、他人の灯を借りてこないと「自分の闇」を見ることができない。なぜ自分で「自分の闇」を見ることができないのだろう。我々人間は自分を、他人を見るように突き放してみることができない。それは自分を擁護したり美化したりしたいから。すなわち、自分を対象化することが困難であるということだ。このことを詩の世界で絶えず問題にしているのが、吉野弘である。

詩の世界が我々に切り開いて示してくれるのは、それまで見たこともない、また、考えたこともない、広く豊かな世界である。私たちの日々の生活の中で、見落としていた「真実」を発見せよ、詩人吉野弘は我々にそう呼びかけている。

私たちが見落としていた「生活の中の真実」を発見した瞬間、それは何とも言えない「至福の瞬間」である。それは「詩人」と呼ばれる特別の人だけに可能な瞬間ではない。誰でもが詩人となり得る契機がある。そのことを吉野弘の詩の世界は示している。

・・・・・・・・・・・・・・・・・・・・・・・・・・・・・・・・・・・・

以上が、かつてわたくしの書いた吉野弘論である。やや力《りき》みすぎた詩人論であるが、これに関して後日、吉野から次の手紙が舞い込んだ。

初めまして。

埼玉新聞で、私の作品をお取り上げくださいまして、有難うございました。

あたゝかいご批評とご紹介を、心から御礼申し上げます。

「SCANDAL」のご紹介に続けてお書きくださった、

〈この詩は洞察どまりであって、その先、読む者にどうしろと迫っていない〉

〈読者はこの洞察どまりの地点に立たされることによって自分の周囲の日常的現実を見つ

めなおす〉というご指摘、その通りと思います。
〈読む者にどうしろと迫らない〉という性質に、若い人は、いらだちをおぼえるようで、講演の折などに、どうしろという意見を示すべきだという苦言？　を呈されます。

しかし、私はあえて、特定の態度を促さないのだと返事をしています。

一つの態度の決定を求めるのは、モラルのレベルのことで、文学のレベルでは僭越なのだということを、若い人は知らないのです。

文学はある状況をはっきりと差し出すことが出来ればいいのであって、その状況に生活の態度として、どう対応するかは口出ししないことも知らないようです。

生活のレベルと文学のレベルとの混同があるのですね。

文学も勿論、大きな意味での生活ですけれど、実践的課題から一度断ち切って、先ず見る地点でせきとめる、そういうものの筈です。そこをきちんと押さえることがなかなか難しいのかもしれません。

竹長さんのように読んでくださるためには、こういう文学の質への理解と、それから、年齢が必要なのではないでしょうか。

竹長さんのご年齢を存じ上げないのですが。

初めて差し上げるお手紙に、青臭い感想を書いたりして、変な奴だとお思いでしょう。

失礼をおゆるしください。
ご住所を、埼玉新聞の飯島さんというお方からうかがいました。

六月二十八日　　　吉野　弘

これは前掲のわたくしの論考「埼玉の詩人――その世界　吉野弘〈上〉〈下〉」（『埼玉新聞』一九八一年六月九日、六月十六日）を見た詩人からの手紙である。新聞社で担当記者だった飯島正治が、この論考の載った新聞を吉野に送ったようである。

わたくしはこれまで吉野に会ったことがなかった。この手紙が来て、わたくしは吉野弘という人間のこだわりと丁寧さに驚いた。「文学の質への理解」ということにこだわり、詩人はどうも今の若い人は詩がわからないようだと嘆いている。それはいかにも吉野らしいこだわりであり、熱心さである。すなわち、真面目な詩人なのである。わたくしはこれまでたくさんの詩人と付き合ってきたけれど、その大半は、人として付き合いづらい類の人だった。埼玉の詩人でいえば、神保光太郎、槇晧志、宮澤章二らが付き合って楽しい人であり、土橋治重、中村稔、秋谷豊らは付き合いにくい人だった。もちろん、詩人としてはいずれも優れた仕事を行った人であるが、人として付き合ってみると楽しいところはあまりなかった。

吉野弘とはその後、埼玉県の国語教育研究会で会うことが出来た。この研究会が講演会の講師として吉野に依頼したからである。吉野はその時、もちろん、詩の話をしたわけだが、自身の作品「夕焼け」などを取り上げて、遠回しな話をした。わたくしは、講演のあった体育館の片隅でそれを聞いた。ああ、あれでいいんだとわたくしは思った。あまり熱心すぎても、聴衆にはわからないだろう。詩についての話は、あれぐらいがちょうどいい、そう思った。その時の吉野は、わたくしによこした手紙のようなこだわりと熱心さがなかった。肩の力を抜いて、ひょうひょうと話していた。

講演会の後、人だかりの中をかき分けて、やっと吉野の前に立った。「竹長です。いつぞやはお手紙をありがとうございました。」と頭を下げた。詩人は微笑を浮かべて、「ああ、竹長さんですね。」と言い、やや言葉を詰まらせた。

その後、わたくしは詩人と、十分間ほど、立ち話をした。そして、別れた。文字どおりの一期一会だった。昭和六十年（一九八五）二月だった。詩人は五十九歳。わたくしは三十九歳。

# 第六章　二冊の詩集『北入曽』『陽を浴びて』から

## ――埼玉の風土を愛した詩人

埼玉の風土を愛した山形県生まれの詩人というと、まず神保光太郎がいる。雑誌『四季』などで活躍した詩人である。わたくしは晩年の神保光太郎をよく訪問した。手紙も色紙もよくもらった。埼玉県の詩壇を開拓し、牽引した立役者である。鷹揚な人柄で、誰からも好かれた。詩人にしては珍しい人である。昔の小学校の校長先生だと、その風貌や性格を評した人がいる。確かに、そのような面があった。

ところで、吉野弘も山形県の生まれである。神保は山形市の生まれであり、吉野は酒田市の生まれである。同じ山形県の出身ということでわたくしの思うのは、生真面目ということである。つまり、人として信頼がおける。詩人には、とかく破天荒な人や、うそつき、だます、恨み、ねたむなど、人として信頼のおける人が少ない。だから、付き合うときは、わたくしは絶えず、用心した。心のカギをかけざるを得ない。これはわたくしの単なる思い付きにすぎないのかもしれないが、ともかく、わたくしのこれまでの経験においては、そうであった。

その神保も吉野も、どういうわけか、埼玉県に住み、埼玉の地で長年、暮らした。神保は浦和で、吉野は狭山で。

吉野弘は埼玉県の、特に狭山の北入曽の地を愛し、そこに住んだ。そして、詩集の題名に北入曽を用いている。詩集『北入曽』は一九七七年（昭和五十二）一月、青土社から発行された。狭山は周知のように、お茶どころとして有名である。

詩集『北入曽』には、「井戸端園の若旦那が、或る日、私に話してくれました。」という一行から始まる散文詩「茶の花おぼえがき」を収めている。以下、長い詩なので、要点をかいつまんで記す。

詩「茶の花おぼえがき」は、詩人吉野の知らなかった茶の木や、その花の特徴を茶園の若旦那から教えられたことが一つの大きな驚異となって、綴られている。例えば、茶園で栽培されている「茶の木」の殆どは、「挿し木」または「取り木」という方法で増殖されている。

「挿し木」は、親木から枝を切り離して差し込んで、苗木を作る。「取り木」は、皮一枚つなげた状態で親木の枝を折り、その折り口を土に差し込む。つまり、「取り木」では、皮一枚で親木とつながっていて、栄養が親木から補給される。

元来、種子で増える「茶の木」をなぜ、このような方法で増やすのかというと、それは種子であると変種を生じることが多いから。また、交配によって作った新種は、種子による繁殖を繰り返す過程で、元の品種のいずれか一方の性質に戻る傾向があるからである。

茶園では、茶の品質を一定に保つことが大事である。それで、「取り木」や「挿し木」という繁殖法を採用するのである。

詩人は、このような話を茶園の若旦那から聞いた。

また、こんな話を聞く。お茶の花は咲かせないようにする。全然咲かないようにするのではなく、極力咲かないようにする。なぜか？　花が咲くのにまかせておくと、それだけ葉にまわる栄養が減るから。花よりも葉が大事だからである。「ずいぶん、人間本位に作り変えられているわけです。」若旦那はそう言って笑った。

「花を咲かせて種子を作る」、そのような生長は「成熟生長」と言い、「葉に栄養がまわるような生長」は「栄養生長」と言うのだと詩人は教えられる。

ここで詩人は、「花を咲かせて種子を作る」、いわゆる「成熟生長」が、つまり、「死ぬこと」であったのだと知る。その後、かなりの日を経て、同じ若旦那から、こんな話を聞く、「長い間、肥料を吸収しつづけた茶の木が老化して、もはや吸収力をも失ってしまったとき、一斉に花を咲き揃えます。」

こうして詩人は、茶の木の「成熟生長」、つまり、「普通の生長」が人間の成長と同じく、「死に向かう行為」であったと知る。

それでは、茶畑の「茶の木」は不滅なのだろうか。いや、そうではあるまい。確かに茶畑の「茶の木」は、生垣代りの「茶の木」などに比べて、花が少ない。だが、やはり、花は咲く。木の下枝の先に付くため、目立たないだけである。

そして、詩人は思う。「どんな潤沢な栄養に満たされた」、つまり、「栄養生長」させられた「茶園の茶の木」であっても、「完全に死から解放されること」はあり得ない。

「彼等もまた、死と生の間で揺れ動いて花を咲かせている。」生きている者から「死を追い出すこと」なんて、到底できる筈がない。

以上、吉野の散文詩「茶の花おぼえがき」の要点を記した。この詩人が何か哲学的なものを、自然界の摂理を探求しようとする姿勢がうかがえる。茶園の若旦那から聞いたことが詩作の動機となっているが、その中で「栄養生長」という不思議な言葉が詩人の耳と心を強くとらえた。そして、それをさっそく詩の材料にしている。詩人はいつも、このような探知的なアンテナを掲げているのだ。

「茶園の茶の木」は人間によって、「栄養生長」させられている。それはある面から見れば、不幸である。いや、幸福であるかもしれない。しかし、そうであっても、やはり、「茶園の茶の木」にも、いつか、死が訪れる。すなわち、わずかではあっても、茶の花が咲く。長い間、肥料を吸収しつづけた茶の木が老化して、ついに、栄養を吸収する力がトーンダウンしてしまう。そして、その時、不思議なことに茶の木は、一斉に花を咲き揃える。そして、この後、茶の木に死がやって来るのである。

これは、茶園の茶の木だけの話ではない。われわれ人間一生の話なのだ。詩人はそう直感した。そして、この詩が生まれた。

一篇の詩が生まれる契機とは、実はこのようなものなのかもしれない。

もう一篇、この詩「茶の花おぼえがき」と同じ植物（樹木）を題材にした詩を見てみよう。

幹が最初に枝分かれするときの決断
梢《こずえ》の端々《はしばし》に無数の芽が兆《きざ》すときの微熱
それが痛苦なのか歓喜なのか
人は知らない。
樹《き》の目標は何か、完成とは何か
もちろん、人は知りもしない。

確かに、人は樹とともに長く地上に住んだ。

樹を育てさえした。
しかし、知っているのは
人にかかわりのある樹のわずかなこと。
樹自身について
人はかつて何を思いめぐらしたろう。

今は冬。
落葉樹と人の呼ぶ樹々《きぎ》は大方《おおかた》、葉を散らし
あるものは縮《ちぢ》れ乾いた葉を、まだ梢に残し
時折吹き寄せてくる風にいたぶられ
錫箔《はく》のように鳴っている。
地面に散り敷いた枯葉を私は踏み
砕《くだ》ける音を聞く。

人の体験できない別の生が
樹の姿をとって林をなし

ひととき
淡い冬の陽《ひ》を浴びている。私と共に。

これは「樹木」と題する詩で、後ほど詩集『陽を浴びて』（花神社　一九八三年七月）に所収される（注4）。

人間は樹木をまるで、自分の子どものようにして育て、共にこの地上に長く住んできた。しかし、人間は樹について、自分たちと「関わりのあること」だけに思いを巡らし、それ以外のことには知らないで過ごしてきた。

この詩は、詩人が人間の側からでなく、樹の側から人間を見ている。そのような視点の転換がある。これがまず、この詩の大きな特徴である。

通常の視点から、ものやことを見ていると、いつも同じで、面白みがない。いや、面白みというよりも、発見と言った方がよい。つまり、発見がないのである。発見がないと、詩は生まれない。常識や、ありきたりのものを打ち壊す新鮮なものが出てこないのだ。

人間の体験できない「別の生き方」を憧憬した時、詩人は樹になってみようと志向したのである。そして、詩人の「私」は時折、落葉樹になりつつ、林の中を散歩する。

樹の姿になった「私」は、森の中で、淡い冬の陽《ひ》を浴びている。「私」は樹に一体化しつつも、完全には一体化できないようである。それは、なぜなのだろう。ところで、これは詩人が樹になろうと発意した第一歩ということなのだろうか。

　詩人は樹の姿を見ながら、その心内を読み取ろうとしている。「幹が最初に枝分かれするときの決断」（※傍線竹長。以下同様）「梢《こずえ》の端々《はしばし》に無数の芽が兆《きざ》すときの微熱」「それが痛苦なのか歓喜なのか」、これら樹の姿態を詩人は、まるで人間心理（感情）の現われであるかのように描いている。つまり、「決断」「微熱」「痛苦」「歓喜」など、普通は人間に用いられる言葉が樹に用いられている。これらも詩人が植物（樹木）に親しむという一線を超えて、まさに樹になろうと発願した証左である。

　この詩「樹木」は、どこの林を歩いても、得られるモチーフである。つまり、どこそこの林でなければならないという縛りはない。だが、わたくしにはこの詩のモチーフは狭山丘陵の林ではないかと思える。

　山形の冬景色とは異なる、埼玉の狭山丘陵の冬景色を詩人は見た。それがこの詩の背景にあるように思えてならない。人間世界の出来事をアイロニカルに、また、時には愉快に綴ってきたこの詩人は、狭山に住むようになってから林、樹木、茶畑などという自然の風景に惹かれるようになった。それは昔、国木田独歩が東京郊外の武蔵野の自然に「自由」を発見したのに似ている。

独歩は、次のように歌った。

山林に自由存《そん》す
われ此句《このく》を吟じて血のわくを覚ゆ
嗚呼《ああ》山林に自由存す
いかなればわれ山林を見すてし。

宮崎八百吉《やおきち》（宮崎湖処子）編の合同詩集『抒情詩』所収の詩「山林に自由存す」の第一連である。吉野弘の場合、独歩とは異なる事情で上京したとはいえ、自分の住居の周囲の自然に心惹かれたのは同じである。

そして、吉野弘は二〇一四年（平成二十六）一月十五日、静岡県富士市の自宅で亡くなった。なぜ狭山でなく、静岡県富士市なのかという事情は、よくわからない。人は晩年になると、周りにあるものを片付けて、（いわゆる、断捨離して）どこか気楽なところに住みたくなる。ただ、吉野がどうして富士市に移ったのかはわからない。わたくしとしては、狭山に住み続けてほしいと願っていたのだが。

吉野弘の誕生日は一月十六日だという。その前日、一月十五日に亡くなった。正確には満八十七歳であるが、殆んど八十八歳である。詩人としては長寿のグループに入る。
亡くなった二〇一四年の五月に、青土社から『吉野弘全詩集　増補新版』が刊行された。その「あとがき」で吉野の娘の久保田奈々子は、次のように記している。

父は生前大変几帳面な人で、机の上のものの位置も机の角度に合わせて整然と並んでいるような人でした。生きる時間も、きっちりとキリのよいところで幕を下ろしたような気がしてなりません。米寿というめでたい年齢を迎えずに逝ったというのも、なんだか父らしい気がします（注5）。

また、吉野が詩を絶えず推敲していて、それを家族に聞かせて感想を聞き、それをもとにして直していたという。

例えば誰かが「なんだかよくわかんない」というと、父はその評を無視することはなく、必ず直していました。父にとって家族は最初の読者であり審査員の位置づけであったのかもしれません。今になると自分たちの存在が、父の詩に何らかの形でかかわっていたことに不思議な感覚を覚えます（注6）。

この箇所を読んで、わたくしは夏目漱石が山会《やまかい》という文章批評会で自作の「吾輩は猫である」の一節を読み上げたというエピソードを思い出した。そこに出席していた高浜虚子ら雑誌『ホトトギス』の面々は腹をかかえて大笑いしたという。すなわち、わが国でも昔から、印刷にまわす前に、それを皆の前で朗読し、その反応を見るという習わしがあった。それを詩人も家族の前で行ったのである。何と微笑ましい情景であろうか。

また、吉野の娘奈々子は、次のエピソードを紹介している（注7）。

父の詩が中学・高校の教科書に掲載されるようになり、私の子供たちにも、吉野弘の詩を学ぶという奇妙なめぐりあわせがありました。お決まりのように「著者はこの詩を書くときにどんな気持ちだったか」というような問題が、生徒たちに与えられました。いくつかの例文が用意され、どれが正解かを選択するものだったらしいのですが、息子は答えは一つに絞り切れないと思ったのだそうです。

ある時父と息子（孫）がその問題について話をしたときに、父はこういったそうです。

「おじいちゃんにもわからないよ。どれも正解だよなぁ」

作者も正解を決められないほど、詩というのは人間の様々な価値観で、どうとらえてもよいのだ、ということを私自身も気づかされました。微笑ましい思い出となっています。詩というものは、その人が気持ちの中に作品を取り込んだら、それはもうその人のもの、というようなことを私に話したことがありました。（後略）

さすがに吉野の娘さんだなあと感心してしまう。詩のことをよくわかっている。吉野が何気なく話したことが、そっくり娘さんの頭と心に残っている。

吉野が学校教員の前で、詩について話したことの根本も、こういうことだったのだろうと思う。学校教員はとかく、唯一絶対の正解を求めたがる。その気持ちや、それを求めざるを得ない設問や試験の現状がわからないわけではないが、それにしても、詩の授業はもっとのびのびと、いろんな考えや意見を出し合って楽しむ、そんなふうになってほしい。

「作者も正解を決められないほど、詩というのは人間の様々な価値観で、どうとらえてもよいのだ、ということ」、このことを念頭において、詩の授業は「教える」構えではなく、生徒と共に「楽しむ」というスタンスで臨んだらどうであろうか。学校の先生がたに、ぜひ望みたい。

# 第七章　「きずを負っている」人への応援歌

吉野弘の詩を通して、わたくしが学んだのは一つには詩の作り方であった。しかし、わたくしは詩人になろうとして、それを学んだのではない。詩それ自体をもっと深く知りたいと思って、詩の作り方を学んだ。そして、もう一つ、吉野弘から学んだのは、広く言えば人生の見方、つまり、人間としての生き方である。

肥料が充分で「栄養状態のいい」木には、花がほとんど咲かない。逆に、肥料をやらずに放置しておくと、その木は花を咲かせる。既に取り上げた吉野の散文詩「茶の花おぼえがき」の一節である。世の中には、このような花もあるのである。

詩とは、尋常でないもの、思いがけないことを知ったり見聞したりした時、発生する。だから、詩に親しもうとする人は、いつも何かに「驚異する」心を持っていなければと思う。いや、持っていなければでなくて、自然に持っているのである。

例えば、ある植物を挿し木で増やそうとするとき、その枝の一部を刃物で切り取り、それを地中に埋める。すると、その創口《きずぐち》から新しい根が生えてくる。いま、「創口」と書いて、それを「きずぐち」と読ませたが、ふつうには「傷口」と書くのだが。「創造」などという熟語で用いる漢字「創」がなぜ、「傷」と同じように用いられるのだろうか。このことに注目した吉野は、次のように言う。

創造の創は、もちろん「物事の始まり、初め」という意味ですが、物事の始まりが「きず」だということは大変意味深いという気がします（注8）。

この着眼から、詩人の頭はぐるぐると素早く回転していく。詩人吉野はさらに、次のように述べる。

創造らしい創造をする精神は、そのいとなみに先立って、何等かのきずを負っているのではないか。きずを自らの手で癒そうとすることが創造につながるのではないか。

この場合、きずを不幸とか不運とかいうふうに悲観的に考える必要はありません。何か、「切りつけられた」と感じられるような精神的な痛みのすべて、ある種の充足態が受ける不安、欠損なども、きずの内に含められるかもしれません。そのように考えますと、きずが物事の新しい始まりの因子であることは充分あり得ることです（注9）。

こうして、漢字「創」にこだわりつつ、詩人は「きず」をきっかけとして、「それまでになかった新しいものごと」が生まれる現場を立ち上がらせる。それは実に見事な手法である。しかも、そこにはそれとなく詩人吉野自身の人生の断片が織り込まれているように見える。「創造らしい創造をする精神は、そのいとなみに先立って、何等かのきずを負っているのではないか。きずを自らの手で癒そうとすることが創造につながるのではないか。」

こう述べる詩人の言葉には迫力がある。自分の人生をのせた言葉であるから強い迫力がある。そして、未知の読者に詩人はこう呼びかける。「この場合、きずを不幸とか不運とかいうふうに悲観的に考える必要はありません」と。ここでも詩人は、常識をくつがえす。なぜなら、「きず」を「不幸」だとか「不運」だとかとらえる人が多数いるからである。

「精神的な痛み」「不安、欠損」などを、むしろバネとして飛躍し飛翔することをねがっている。「きずが物事の新しい始まりの因子であることは充分あり得る」。この真実を示している。

この何気ない文章の一言で、何人かのヒトが励まされるかもしれない。

吉野弘の詩でよく取り上げられる詩に、「祝婚歌」（注10）がある。

二人が睦まじくいるためには
愚かでいるほうがいい
立派すぎないほうがいい
立派すぎることは
長持ちしないことだと気付いているほうがいい
完璧をめざさないほうがいい
完璧なんて不自然なことだと
うそぶいているほうがいい
二人のうちどちらかが
ふざけているほうがいい
ずっこけているほうがいい
互いに非難することがあっても
非難できる資格が自分にあったかどうか
疑わしくなる方がいい
正しいことを言うときには
少しひかえめにするほうがいい

正しいことを言うときは
相手を傷つけやすいものだと
気付いているほうがいい
立派でありたいとか
正しくありたいとかいう
無理な緊張には
色目を使わず
ゆったり　ゆたかに
光を浴びているほうがいい
健康で　風に吹かれながら
生きていることのなつかしさに
ふと　胸が熱くなる
そんな日があってもいい
そして
なぜ胸が熱くなるのか
黙っていても

二人にはわかるのであってほしい

これは、人生を生きる応援歌だと思う。題名を見た時、わたくしはつまらない詩だと思った。あの詩人が、なぜこんな詩を作ったのかと不審に思った。詩人もやはり人間だ、子どもを持つ一人の父親として娘の結婚を祝ってやりたい、そう思うのは普通である。しかし、詩人は市井に棲む隠者のごとく生きるものだという古い先入観がわたくしにはあった。娘の結婚を祝う歌など、作らないし、まず、作れない。わたくしは頑なにそう思い続けてきた。だが、この詩を読み始めて驚いた。これは、実にさらりとした、透明感のある詩だ。これなら、いいだろう。わたくしは承認した。

これは、これから長い人生を二人で送る、その二人に向けての「はなむけの歌」だ。それを、人生の半ばを過ぎ、もう老境にさしかかった「人生の先輩」がつぶやいた言葉だ。特に「こうしなさい」とかの命令口調でないのがいい。「……でいるほうがいい」「あってもいい」や「あってほしい」という肩の力を抜いた望調《のぞみちょう》（これは、わたくしの造語である）なのが良い。

これと似た詩で、以前、次のような詩を目にしたことがある。

友だちを　売ったらあかん

この恋を　売ったらあかん
子どもらを　売ったらあかん
まごころを　売ったらあかん
本心を　売ったらあかん
情愛を　売ったらあかん
信仰を　売ったらあかん
教育を　売ったらあかん
学問を　売ったらあかん
秘密を　売ったらあかん
こころざしを　売ったらあかん
大自然を　売ったらあかん
いのちを　売ったらあかん
自分を　売ったらあかん
自分を　売ったらあかん

お経のように際限なく続く、「売ったらあかん」節《ぶし》である。この詩を作った人は、随筆家の岡部伊都子。言葉のつながりが、単調で面白くない。それに、「……したらあかん」と警告調なのが、気になる。学校の先生や、街中のうるさいおばあさんから注意を受けているようで、聞かされる人間は、ハイハイと頭を下げているしかない。いくら、メッセージソングだとはいえ、これではまず、飽きてくる。

それに比べるというのも妙であるが、ともかく、吉野の詩「祝婚歌」は嫌味や臭味がなくて、すっきりしている。そして、これは何も、結婚式専用でなくていいと思う。若者を前にして、「人生の先輩」が後輩に向けて言う「はなむけの言葉」である。

肩の力を抜いていけ、立派すぎるな。「正しいことを言うときは　相手を傷つけやすいものだと　気付いているほうがいい」、これなどは、まさしく名言である。

「自分を　売ったらあかん」と言われるのも、確かにありがたく、少しは心に響くが、まず、「売ったらあかん」自分って、どんなもの?と思ってしまう。そのような若者が多くなった今日の日本では、やはり、詩「祝婚歌」のような歌で励まされる方がうれしいのではなかろうか。残念であるが、もう、今の日本では、岡部の「売ったらあかん」節《ぶし》は時代遅れである。

そして、若い人々はもちろんのこと、それなりにお年を召した人々も、詩「祝婚歌」を包含する吉野弘の壮大な詩の世界にひきつけられ、そして、励まされるのである。

## 注

（1）詩「乳房に関する一章」は、吉野の詩集『10ワットの太陽』（思潮社　一九六四年十二月）にも所収されている。
（2）詩「原っぱで」は、『吉野弘全詩集　増補新版』（青土社　二〇一四年五月）所収の「著作年譜」に題名は載っているが、同書所収の「未刊行詩篇選」にも載っていない。
（3）以下の文章は拙稿「埼玉の詩人第11回　吉野弘（上）」（『埼玉新聞』文芸欄　一九八一年六月九日）「埼玉の詩人第12回　吉野弘（下）」（『埼玉新聞』文芸欄　一九八一年六月十六日）から転載。但し、若干、補訂を行った。
（4）詩「樹木」の初出は『埼玉新聞』一九八二年（昭和五十七）一月一日号。
（5）久保田奈々子「増補新版のための　あとがき」。『吉野弘全詩集　増補新版』（青土社　二〇一四年五月）所収。
（6）前出（5）に同じ。
（7）前出（5）に同じ。
（8）吉野弘「喩としての言葉」（筑摩書房『国語通信』第一六八号　一九七四年七月・八月合併号）。
（9）前出（8）に同じ。
（10）吉野弘「祝婚歌」。この詩は吉野の詩集『風が吹くと』（サンリオ　一九七七年九月）所収。この詩は書下ろしであり、詩集収録が初出。

## 取り上げた作品一覧

・吉野弘「乳房に関する一章」＊吉野の詩集『10ワットの太陽』（思潮社　一九六四年十二月）に所収。

・吉野弘「さよなら」＊初出は詩誌『櫂《かい》』第十号。のち、日本文芸家協会編『日本詩集　一九五七年編集』（三笠書房　昭和三十二年一月）に所収。さらに、吉野の詩集『消息』（自費出版　一九五七年五月）及び『幻・方法』（飯塚書店　一九五九年六月）に所収。

・吉野弘「記録」「犬とサラリーマン」「雑草のうた」『詩学』第八巻第十号（昭和二十八年十月号）所収。

・吉野弘「原っぱで」『プッペ』第三号（昭和三十五年十二月）。

・吉野弘「君も」。詩集『消息』に所収。

・吉野弘「フランシス・ジャム先生」。詩誌『麦』第二号が初出。のち、詩集『幻・方法』に所収。

・吉野弘「過」。詩集『北入曽』（青土社　一九七七年一月）に所収。

・吉野弘「漢字喜遊曲」。詩集『北入曽』に所収。

・吉野弘「ＳＣＡＮＤＡＬ」。詩集『北入曽』に所収。

・吉野弘「茶の花おぼえがき」。詩集『北入曽』に所収。

・吉野弘「樹木」。初出は『埼玉新聞』一九八二年一月一日。のち、詩集『陽を浴びて』（花神社　一九八三年七月）に所収。

・吉野弘「喩としての言葉」（筑摩書房『国語通信』第一六八号　一九七四年七月・八月合併号）。

・吉野弘「祝婚歌」。詩集『風が吹くと』（サンリオ　一九七七年九月）所収。

・吉野弘『吉野弘全詩集　増補新版』（青土社　二〇一四年五月）。

**参考文献**

・清岡卓行編『イヴへの頌《しょう》』（詩学社　一九七一年四月）。所収の作品は竹中郁「魔女追慕」、草野心平「乳房」。
・国木田独歩「山林に自由存す」。初出は『国民之友』第二十巻第三号（明治三十年二月二十日）所収の「独歩吟」五篇のうちの一つであり、題は「自由の郷」。のち「山林に自由存す」と改題し、かつ、増補して宮崎八百吉編の合同詩集『抒情詩』（民友社　一八九七年四月）所収。
・久保田奈々子「増補新版のための　あとがき」。吉野弘『吉野弘全詩集　増補新版』（青土社　二〇一四年五月）所収。
・岡部伊都子「売ったらあかん」。岡部の著書『二十七度線　沖縄に照らされて』（講談社＊新書　一九七二年三月）所収の「土着のこころ」。

# 第三部　茨木のり子への道

# 第一章　服部嘉香――回り道から〈その一〉――

この話は、遠回りになることを了解していただきたい。

早稲田大学で国語学を教えた教員に辻村敏樹という人がいる。その辻村が「服部嘉香《はっとりよしか》先生を偲ぶ」という文章を書いている。

服部嘉香先生が去る五月一〇日満八十九歳の御高齢を以て逝去された。明治の惜しい人をまた一人失ったという思いしきりである。

（中略）先生は大正二年に早稲田の文科と商科の教壇に同じに立たれたというから，そのまま続けておられたら、停年で御退職になった昭和三一年三月には四十三年の長きにわたって勤められたことになったはずである。しかし、大正三年のいわゆる早稲田騒動の際、自己の信念を貫いて辞任されたことなどがあるので、実際の勤続年数は二十数年に止まった。これもいかにも先生らしいことであった（注1）。

辻村敏樹はこの追悼文で、服部嘉香のことについていろいろ述べている。「詩人として、また、文章家として」活躍した服部であるが、大学では修辞法、国文法、国語学等の講義を行ったことを紹介している。また、学位論文が『日本書簡史の研究』であり、手紙文など書簡の歴史に関する研究に力を注いだことを述べている。

服部嘉香は明治十九年（一八八六）四月四日、東京に生まれ、昭和五十年（一九七五）五月十日、亡くなった。研究者であったが、辻村の文にあるように詩人でもあった。詩集は多くないが、『幻影の花びら』『バレーへの招宴』等がある。

詩集『幻影の花びら』は昭和二十八年（一九五三）四月、長谷川書房（東京都台東区西町八）より刊行。価二〇〇円。この詩集の書評を吉田精一（国文学者）が雑誌『詩学』第八巻第八号（昭和二十八年八月号）に書いている（注2）。

服部氏は明治末期すでに詩人として又詩論家として令名があった。ところがこの詩集がその第一詩集であるという。これは驚くに堪える。思うに温雅にして声名をむさぼらぬ人となりのわざでもあろうか。

いま四十年にわたるその詩業を一閲《いちえつ》してみると、よく時と勢いに順応しつつ、流動してやまないフレクシブルな詩風が観取できる。四十年来の日本近代詩の変遷のあとは、圧搾《あっさく》して氏一箇の変遷史でもある。しかも氏の踏もうとするのは常に詩壇の正道であり、大道であるようだ。

変転してやまぬその風格をつかむのは困難だが、一貫してかわらぬものが二つある。一つは端正な格調と措辞《そじ》であり、一つは古くして新しい抒情性である。氏の如きを現代的感覚をもつ古典詩人と呼ぶべきだろうか。

わたくしの前に永遠がある
目をさえぎる霧の奥には
果《はて》の果《はて》がありそうにもない
おそろしくなってうしろ向きになってみた
そこにも永遠があった
何か文字が書いてあるが霧で見えない
人類の歴史のまん中に立ってわたくしは迷っている
まん中ではない
永遠の中の永遠の漂《ただよ》いの上で
（「永遠」）

『日本近代詩鑑賞』全四冊（明治篇、大正篇、昭和篇、現代篇）の著書（注3）を持つ吉田精一らしい卓見に富む書評である。

吉田精一のこの書評が出る少し前の『詩学』第八巻第四号（昭和二十八年四月号）に服部嘉香が詩篇「恋愛史」を発表している。この詩篇はおそらく詩集『幻影の花びら』の中から採ったものと推測するが、わたくしは詩集『幻影の花びら』を見ていないので断定できない。

詩篇「恋愛史」には、「初恋」「夢」「おもひで」「二度恋」「遂行」「馬」「うらみ」「老いてなほ」「三度恋」「手」「老いらく」の計十一篇の詩が収められている。これらの詩篇は、服部が自身の「恋愛の歩み」を歴史的に綴ったものである。それぞれの詩に面白みがあるが、特に次の詩篇に注目した。

夢

夢といふ言葉が好きで好きでたまらない頃があった
夢でないものを手握《たにぎ》りたいとあせりにあせった頃のこと

「手握《たにぎ》りたい」という用語が、いかにも古典詩人だ。「手に握りたい」という言い方をしないで、「たにぎる」（手握る）という古語を用いる。気取っているわけでなく、服部にとっては、ごく自然なのである。

万葉集に、次の歌がある。

面忘《おもわす》れだにも得《え》すやと手握りて打てども懲りず恋といふ奴《やつこ》（二五七四番）

親しかった人の顔を忘れるだろうか。いや、決して忘れまいと手を握りしめて、こぶしを作った。これが恋というものの正体なのだ。

また、万葉集には、次の用例がある。

剣《つるぎ》太刀《たち》腰に取り佩《は》き、猟弓《さつゆみ》を手握り持ちて……（八〇四番）

刀剣を腰につけ、狩猟の弓を手に握ってという意味。いずれも、古語「たにぎる」の用例である。

服部の詩篇「恋愛史」から、「おもひで」を次に示す。

おもひで

おもひでは飢餓《きが》のごときか
身を責めて　くくと泣く
こころ　充《み》ち足《た》らねども
あるにまかせて忘れざり

この詩も古典調である。「くくと」泣くは、「ひとりで」泣くという意味であろう。擬声語や擬態語ではなさそうである。形容動詞「くくたり」の連用形「くくと」であると判断した。夏目漱石の小説『虞美人草』に「くくとして独り行く」という用例がある。

老いてなほ

古き涙の思ひ出の

今　老いにゐてうらさびし
枯れにし草に霜を置き
虧《か》け行く月のありはすれ
背《そむ》き去りける恋人の
いまだも生きてをるゆゑに
老いにゐてさへ断《た》ちがたき
にくむ心のうらがなし

手

その手で　かうもりがさが　たたまれて
その手で　かうもりがさが　ひらかれた

その手で
幾百たび
わたくしを抱いたことか
笑ふなよ
それはその手だ
老妻よ

老いらく
をとめを愛してゐる
その清純を
ぎりぎりのその清純を

ぎりぎりの清純で

をとめに愛されてゐる
肉臭のない恋
どうしようもない清らかな恋
その恋心がこの老境にあることを知らせてくれたをとめ
それは美と崇高の象徴であった

しかし
まことの歓喜は歎《なげ》きから生まれる――
この老いらくに　しくじりのないやうに

ああ
この祈り

「老いてなほ」「手」「老いらく」の三篇は、いずれも詩人の老境をうたっている。それにしても、若々しい抒情である。服部嘉香がこれらの詩篇を発表した昭和二十八年（一九五三）、彼は六十七歳であった。

服部嘉香とほぼ同時代の詩人に、河井酔茗《かわいすいめい》（一八七四年生まれ）、正富汪洋《まさとみおうよう》（一八八一年生まれ）、白鳥省吾《しろとりせいご》（一八九〇年生まれ）がいる。一八八六年生まれの服部は正富と白鳥の間に位置する。

ここで服部嘉香の詩人としての歩みをたどってみる。一八八六年（明治十九）、東京に生まれた彼は後、早稲田大学文学部英文科を卒業。河井酔茗の詩誌『詩人』から出発し、明治期の口語詩運動に参加。島村抱月、相馬御風らとともに評論家として活躍する。大正二年、雑誌『現代詩文』を創刊し、主筆を務める。北原白秋の『朱欒《ザンボア》』三木露風の詩誌『未来』などに関係した。

昭和二十六年、詩誌『詩世紀』を刊行し、原子朗、伊藤康圓、竹村晃太郎、山下千江らのすぐれた詩人を世に送った。前田鉄之助の詩誌『詩洋』にもかかわった。『詩洋』に発表した「日本象徴詩の発生と発展史」、『詩世紀』に発表した「日本象徴詩史」など詩の歴史研究も行った。

## 第二章　河井酔茗――回り道から〈その二〉――

服部嘉香が最も親炙していた詩人は、やはり河井酔茗である。北原白秋からも親しく指導を受けたけれど、詩人として、また、人間として服部が最も尊敬していたのは、河井酔茗である。それを裏づける文章が、服部の「河井酔茗論」（『詩学』第二十巻第二号　昭和四十年二月号）である。その中で服部は、かの有名な日夏耿之介の『明治大正詩史』（昭和四年一月刊）に異論を唱えている。日夏によれば、詩人としての「天賦の技能」という点では、最も高いのは伊良子《いらこ》清白《すずしろ》であり、次に横瀬夜雨《よこせやう》、最後が河井酔茗だと。この評価に対して服部は反論する。それは「詩技」（言葉文字の上での技能）に偏した見方であり、「詩の内面的なもの」にふれていないと。つまり、「詩の内面的なもの」（人生観など）ということを考慮すると、河井酔茗の詩は、清白などのはるか上をいく、服部はそう主張する。

また、服部が河井酔茗を評価するのは、詩人としての詩作のすばらしさのみならず、後進を導く、その後進の活《い》かし方である。

河井氏は『文庫』・『詩人』・『女子文壇』において終始詩の後進を導き、天才を発見してそれを紹介し、それぞれの才分に応じて自由の詩壇に伸びて活かしめた（注4）。

このように河井を評価する服部は、「日本詩壇の父である島崎藤村」と並んで河井醉茗を「日本詩壇の母」と規定する。

河井醉茗の詩については、小学校の国語教科書に載っていた「ゆずり葉」（光村図書『国語六年下』昭和六十三年三月改訂検定済）を思い出す。

子どもたちよ
これはゆずり葉の木です
このゆずり葉は
新しい葉ができると
入り代って　古い葉が落ちてしまうのです

こんなに厚い葉

こんなに大きい葉でも
新しい葉ができると　無造作に落ちる
新しい葉に　いのちを譲って——

子どもたちよ
お前たちは何を欲しがらないでも
すべてのものがお前たちに譲られるのです
太陽のめぐるかぎり
譲られるものは絶えません

輝ける大都会も
そっくり　お前たちが譲り受けるのです
読みきれないほどの書物も
みんな　お前たちの手に受け取るのです
幸福なる子どもたちよ
お前たちの手はまだ小さいけれど——

世のお父さん　お母さんたちは
何一つ　持ってゆかない
みんなお前たちに譲ってゆくために
いのちあるもの　よいもの　美しいものを
一生懸命に造っています

今　お前たちは気が付かないけれど
ひとりでに　いのちは延びる
鳥のようにうたい　花のように笑っている間に
気が付いてきます

そしたら　子どもたちよ
もう一度　ゆずり葉の木の下に立って
ゆずり葉を見る時が来るでしょう

こんなに長い詩だったろうか。わたくしの古い記憶にある詩「ゆずり葉」はもっと短かったように思う。それにしても、なんとも、すがすがしい詩である。明治大正期の詩人が、このように平明で、すがすがしい詩をよく作ったものだと思う。「子どもたちよ」と呼びかけながら、「こんなに厚い葉　こんなに大きい葉でも」「新しい葉ができると　無造作に落ちる」「新しい葉に　いのちを譲って――」とうたいあげる。素朴であるが、まさしく父母の愛情のようなものを感じる。

ところで、前掲の「河井酔茗論」（服部嘉香）であるが、これはこれで素晴らしい詩人論であるが、その中で日夏耿之介の『明治大正詩史』に異論を唱えている部分に関しては、わたくしにはわたくしなりの異論がある。

手元にある日夏耿之介『増補改訂　明治大正詩史　巻ノ中』（創元社　昭和二十四年五月）を開いて、その該当部分を読んでみた。この本の「第三編　象徴詩潮」「第一章　頽唐初期体」「第三節　象徴前期」の「第二項　彗星の如き「孔雀船」」「第三項　哀調の夜雨詩」「第四項　「文庫」のぬし酔茗」という箇所が、その該当部分である。

もちろん、日夏が最も高く評価しているのは詩集『孔雀船』一冊を残して早世した伊良子清白である。しかし、横瀬夜雨や河井酔茗をそれなりに評価している。ただ、比較的長生きした夜雨や酔茗には点が辛いのである。さらに、もう一つ付け加えて言うと、酔茗の詩風は「温順な感情の直叙に終始（する）」、そこが日夏には欠点と見えたのである。日夏の詩観はどちらかというと、穏健・温順よりも「華美」「絢爛」「幻想」を好む傾向にある。よって、酔茗らの詩誌『文庫』よりも『明星』（与謝野鉄幹の主筆）や『白百合』（『明星』を脱退した前田林外・岩野抱鳴・相馬御風らが出した詩歌雑誌）に傾いている。

ところで、服部嘉香と河井酔茗との関係であるが、それは特に酔茗が詩誌『文庫』を退いて、別に『詩人』という雑誌を起してからではなかろうか。この雑誌『詩人』にはもちろん、酔茗の『文庫』時代からの仲間が多く加わったが、『詩人』で特に活躍したのは森川葵村《おうそん》、服部嘉香である。こうして、服部嘉香は酔茗と切っても切れない深い関係ができたのである。

このように見てくると、服部嘉香という詩人がどのようにして出来上がったのか、また詩人どうしの間にどのような人間関係や詩風の相違があったのかが理解できる。

# 第三章　原子朗及び山下千江——回り道から〈その三〉——

山下千江《やましたちえ》は既に第一章の末尾で述べたように、服部嘉香の門下生である。門下生でもう一人、注目しておきたいのは、原子朗《はらしろう》である。山下千江について述べる前に、原子朗について述べておく。

服部の詩集『幻影の花びら』（長谷川書房）の巻末に出版予告として、門下生の詩集予告が載っている。原子朗は『土瓶《どびん》の歌』、伊藤康圓は『プラチナの雄蕊《おしべ》』、竹村晃太郎は『百合の中の時間』、山下千江は『有情淡彩《うじょうたんさい》』。

しかし、これらは実際に出たかどうか定かでない。わたくしが実際に見たのは山下千江の詩集のみである。しかも、その詩集のタイトルは『有情淡彩』でなく、『印象牧場』である（注5）。『印象牧場』については後に詳しく述べるとして、ここではまず原子朗について述べる。

原は詩集『風流について』（昭森社）『幽霊たち』（昧爽社）『挨拶』（国文社）などを出している。『土瓶の歌』は計画であって、出版はされなかったのだと思う。

原子朗は一九二四年、長崎県に生まれた。早稲田大学文学部を卒業。早稲田の大学院に進み、文体論を研究した。『文体序説』（新読書社）『文体論考』（冬樹社）などの著書を持つ。大手拓次、宮澤賢治に関する編著書をもつ。また、毛筆の書家としても知られた（注6）。二〇一七年（平成二十九）七月四日、老衰で亡くなった。

わたくしは原が埼玉県熊谷市の万吉《まげち》にある立正大学に勤めていたころ、知り合った（注7）。原は勤務先の広報紙『大学ジャーナル』（月刊）に毎回、エッセイを書いていた。当時、わたくしは埼玉県の羽生にあった高等学校に勤めていて、毎月、学校に送られてくるこの新聞を楽しみにしていた。詩のことが時々出てくるので注意してみていたのだが、ある時、峠三吉と原民喜の詩のことについて書いてあったので、特に目を凝らした。

両者とも同じ異常な体験を形象化している点で、ことに記録的手法ではよく似ている。だが、よく読むと両者には根本的な資質のちがいというより、体験の受けとめ方のちがい、いや詩的認識のちがいがある。いきなりそれを結論的にいうと、峠のは徹底した記録的手法で、原爆を「許すまじ」き罪悪として抗議し、告発している。クリスチャンの峠の人道的なプロテストは、個人の悲痛をこえて普遍的な共感を呼ばずにはいない。だが、片や原における原爆の体験は、異常な悲劇的事件としてよりも、原爆そのものを、あるいは戦争を、人間の日常としてとらえている。作者は無意識にしろ、人間の別離や不幸を作者内部の日常として、とらえている。

両者にはたしかにそんなちがいが底にある。私は両者を繰り返し読んでいて、それを発見したのだが、ハッと思った。峠は強く訴え、原はむしろ弱々しくうたう。そうした資質のちがいだけではないのである。文学的にどちらを高く評価するか、ということになれば、私はむろん、一見弱く見える後者を取る。このほうがよほど文学的におそろしく、無気味である。原爆の言語道断の悲劇を、人間の日常として、常住不断として受けとめて生きることは常人の孤独な神経では耐えられることではない。原が鉄道自殺したのを、単に妻の跡を追ってと解釈するのは通俗的で、単純な考えにすぎない。

ちょうど遊びに来た評論家の日沼倫太郎に私は大発見でもしたようにこのことを話した。日沼は面白いといって、また彼なりの解釈で原のことを、連載していた『芸術生活』に書いた。しかし日沼のその原稿が活字になったとき、こんどは日沼がもう死んでいた。(注8)

末尾の日沼倫太郎の死には驚くが、原はこのようなエッセイで深刻ともユーモアともとれる、「間《ま》の語り」が上手だった。だが、それが真実なのだ。我々にいつやって来るかしれない「死」を、このように何気なく語る、その語り方、話題の出し方というのが実に見事だった。まさに、これが、詩人という人間の本質的な姿である。原は、その見本のような存在だった。

原からもらった手紙が何通かあったのだが、どうも探し出せない。原たちがやっていた同人雑誌『山の樹』に誘われた時のものが一通、残っている。それを見ると、ゆったりとした筆使いの、達筆な文字が印象的である。もちろん、墨書である。

『山の樹』第三十七巻第三十六号（昭和四十九年一月）に原の詩「半島――能登にて」が載っている。

七月の能登《のと》の七尾《ななお》でそうめんを食っていると
テーブルがぐらぐらゆれて
私はそうめんをナマズのように　のみこんだ

火事だ！
という叫び声がきこえて
半鐘《はんしょう》やサイレン
表《おもて》を人の走る音がする

店のひとも客など　ほったらかしで
みんな　出ていったまま　帰らない

もっとも　客は私ひとりだが
まるで火山でも爆発したみたいだ

私はさっきから
イタリーを思い出していたので
ヴェスヴィアスが爆発したのだと思う

七尾はちょうど
古代ローマの位置で
すると　ヴェスヴィアスはナポリのほう
さっき行ってきた狼煙《のろし》海岸だ

一瞬　能登が明るくなり

この鬱屈《うっくつ》する半島の陰部が
皎々《こうこう》と　照らし出される

日本海が地中海より
もっと明るく
私は箸《はし》をおいて
内部世界のまぶしさに
立つこともできない
（後略）

この詩は長篇であり、全体が四部で構成されている。ここにはその第一部を示した。能登半島のとある飲食店で詩人は、そうめんを食べていた。すると、半鐘やサイレンの音がして、火事だと人々が騒ぐ。その中で詩人は悠然と、そうめんを食べながら、その騒動を「まるで火山でも爆発したみたいだ」と思う。そこから連想して、イタリーの火山ヴェスヴィアスを想起し、地中海の地形と、日本海の地形との両者を比べる。

こうした思考の流れは、いかにもこの詩人らしい個性を偲ばせる。悠然とした姿から、突如、ある地点、ある箇所に向けて高所から飛び降りる。また、平面的な野原をさまよっていたとしたら、突如、ある草むらを取り分けて雉《きじ》の卵を見つける（＊詩「半島――能登にて」の引用部分の先を読むと、このような場面が出てくる）。

このような焦点化していくプロセスが実に鮮やかであり、これがこの詩人の特質なのである。我々読者も詩人の後を追って、雉の卵を見つけたり、能登半島がイタリーを逆さにした地形であることに気づいたりするのである。こうした発見の面白さが原の詩を味わう楽しみである。少々、とぼけた事柄や事実、その中から意外な「面白さ」や「深刻な真実」を浮上させる、それが原子朗の特質であり、それはまた、宮澤賢治文学の持つユーモアやペーソスと通い合う。

ところで、服部嘉香の門下生のもう一人、山下千江はどうであろうか。

山下千江の生涯について、わたくしはほとんど知らない。知り合いであった原子朗から幾らか聞いておけばよかったのにと、今では後悔している。

詩集は前掲の『印象牧場』のほか、『ものいわぬ人』（思潮社　一九六七年十一月）『見知らぬ人』（思潮社　一九六七年十一月）『山下千江詩集』（宝文館＊シリーズ昭和詩大系　一九八一年十二月）等がある（注9）。

詩人名鑑等で調べると、山下千江は一九一八年（大正七）六月三十日の生まれと出ている。一九二四年（大正十三）生まれの原より六つ、年上である。また、インターネットでは山下は、

「母を想う」（＊死んでゆく母を見送る娘の気持ちを表した）詩などで、他者によく引用されている。特に詩集『ものいわぬ人』は、一九六三年から一九六五年まで病気の母を看病した詩人の思いをつづっている。

インターネットで多く引用されている「わかれ」「添書《そえがき》」「お団子のうた」は、いずれも亡き母のことをうたっている。そして、これらの詩は、たいへんわかりやすい。詩人の気持ちが直接に伝わってくる。抒情の詩である。

山下は他に歌曲の詩を作っている。「お祈り」「うつくしい花をうる人」「だからその海をみない」「かわいそうな鬼」など（＊歌曲の詩を依頼されて作った場合もあれば、既に作った詩が後に歌曲になった場合もある。）。

このように見てくると、詩人の生き方もさまざまである。ある人は大学教授になって講義をしたり研究書を出したりする。また、ある人は歌曲の詩を書いたりして生活の資を得たりする。ところで、山下千江の詩人としての初期を見てみよう。それは詩集『印象牧場』（長谷川書房昭和二十九年五月）である。当時、山下が他にもう一冊、詩集刊行の計画があったようであるが、これは未見である。つまり、前に述べた『有情淡彩』はどうなったのか不明である。

不思議なことに詩集『印象牧場』の中に、「有情淡彩」と題する詩が一篇入っている。ということは、もともと、この詩集は『有情淡彩』という題名にする予定であったのだろうか。

校正や何かをしている中で『有情淡彩』という題名をやめて『印象牧場』に変えたのではないだろうか。ちなみに、この詩集には「印象牧場」と題する詩も入っている。この詩集『印象牧場』は山下が三十六歳の時に出した詩集である。

人々は耐えながら忘れ
忘れながら追憶を愛《いと》おしんでいる
それはいじらしく
哀れ深い動物のいとなみのひとつなのか

（中略）

銀と鉛とを
ふるさとの海へ沈めようという人よ
複雑な
「高等」という脳細胞組織の故に
感情は　かえって
生まれぬ先を郷愁する

その悲しみには
ただ　位置だけがある
ゆるやかに　ひとすじ　にぶい
銀の光

影は
初老の数学をかかえ
遠い　夏雲の変貌を
みつめている

やさしい　あきらめは
物言わぬ蛍の
つめたく　深い明滅《またたき》

うすい　皮膚の下で

歌は　もう
余韻なのに……

これは「有情淡彩」と題する詩である。シュールな詩であり、意味はつかみにくい。ただ、青春の時期を過ぎた人の倦怠、物憂い感じが表現されている。

水銀が　ぐんぐん　昇る
春は　チロチロと　やってくる

銀色の電柱を越え
雲のような雪が
　　雪のような雲が
雲のような　雪のような馬が……
　——雪の下に緑草が　芽ぐんでいる

（略）

チェホフの落とした鼻眼鏡《はなめがね》が
哀愁のカドリールを踊る
とまれ　素直な瞳は
痛々しい

斑点のある過不足は
木《こ》の葉蝶《はちょう》の擬態

──閃光は　ボンネットをつけて
　印象は　放し飼いです──

これは「印象牧場」と題する詩。機知あふれる詩である。こんな詩ばかり示されると、読者は疲れてしまうが、時にはこのような遊びも面白い。昔、読んだジャン・コクトーの、機知にあふれた詩を思い出す。まさに、これは機知にあふれた詩である。しかし、吉野弘の「漢字喜遊曲」に比べると、どうであろうか。やや、硬い感じがする。全体的に生硬な感じで、もっと平明にしたら読者に歓迎されるのではないだろうか。

次の詩は、どうであろうか。

花つくりは　たねを播《ま》き
その花の開く時機を　識《し》っていた

花つくりは　たねを播《ま》き
花開く季節を　かしこくも予言しながら
みずからのいのちを　わすれ

山々に　しら雪のゆるむ日に
死んだ

「花つくり」と題する詩。何の変哲もない詩であるが、寂しさの抒情が漂う。この詩人は、こうした抒情詩が本領だったと思う。
また、次の詩はどうであろうか。

雄蕊《おしべ》は　生来の覇気《はき》をすて
一色《いっしき》絹の艶姿《あですがた》となる
花の重さ　一輪　いくばく

しゃらり　しゃらり　と風に添い
ひとひらずつに　しなをつくる
いろどりは　ただ
素朴な　ふたつ

わかばいろに　蒸《む》し込めて
　点・点
黄色の玉は
踊る陽《ひ》に　たわわ

これは「やまぶき」と題する詩。花を人の姿と見る視線は何も女性詩人の特許ではないが、山下千江は山吹の花の艶姿から、歌舞伎役者の女形を思い浮かべたのだろうか。

山下の詩について師の服部嘉香は詩集の序文「『印象牧場』の印象」で、次のように述べている。

『詩世紀』の人々の中では知性派を代表する一人であるが、知性派ではあるが、詩の抒情性を否定するメカニズムの道を行くのではなく、人生、自然、人間を、温かい、或は冷静な観照の世界に沈潜せしめて、その心境と批判とを端的に、しかも消しがたい女性味を以《もっ》て表現する。

また、金子光晴は服部嘉香と並ぶ序文（＊この詩集には金子と服部という二者の序文を所収）で、「この詩集には、うすものをすかして仄《ほの》かに、女の肢体と、そのあたたか味がある。」と評した。そして金子は序文の末尾で、「山下さんは、成長してゆく本体をもってゐるのだから、それにみがきをかけてゆけば、立派な芸術になると思ふ。」と励ました。

山下千江の初期の詩が生硬なのは仕方がないとして、ここでは比較的親しみやすい詩二編「添書《そえがき》」「お団子のうた」（いずれも詩集『ものいわぬ人』所収）をあげておく。

## 添書

謹んで拝します　あみださま
十七日早暁《そうぎょう》　お手元に伺いました旅人の列に
藍大島《あいおおしま》の対《つい》の着物
緑の市松模様《いちまつもよう》の帯をしめ
紫檀《したん》と珊瑚《さんご》のじゅずをかけ
かぼそい竹の杖をついて
トボトボと歩く小柄の老女をおみうけでしたら
それがわたくしの母でございます
冥府《めいふ》への行列は足音もきこえず
三角の旗なびかせた鬼に守られて
母はおびえてはいなかったでしょうか
連れがあるような　ないような
たよりないあの世とやらの道々で
ひとり歩きをしたことのない年寄りが
もしや迷っては居《お》りませんか

寺の住職が申しますには
道がいくつかあって迷ったら
ただ真直《まっす》ぐにいくことです
一番真直ぐな道をえらんで
なむあみだぶつと唱えながら
ひとすじに歩いて行きなさるとよい
それがすなわち「白道」で
極楽に通じる道なのだと……
母の小さな骨壺には
極楽への地図を入れましたが
眼鏡を入れるのを忘れました
当節そちらもこの世なみに
鬼籍《きせき》にはいるお調べで
ずいぶんむつかしい手続きがございましょう
母は速達も書留も
ひとりで出せない昔の女

なるべくわかりやすいお言葉で
やさしく　やさしく願います
つつましくは暮しても
母娘二人の生活では
荒々しい言葉を投げあった事がございません
オドオドとお答えも出来ないまま
涙ぐんでしまうでしょう
そんな母を偲《おも》うとき
わたくしはこの世から幽霊になって
そちらへ迷って行きたくなります
はじめまして　あみださま
日頃は無信心のわたくしが
勝手についてのおすがりを
どうぞおわらい下さいまし
おわらいの上のお慈悲には
母をよろしく願います

馬鹿正直で辛抱強く
気弱なくせに強情っ張り
世間知らずのお人よし
もしや言葉の行きちがいで
地獄へ行ったら恨みます
どんな片すみでも日あたりよく
静かなやさしい空気のあるところなら
母はくるくる働いて
針仕事や居眠りをして過《すご》しましょう
はじめまして　あみださま
おしゃかさまに　かんのんさま
おじぞうさまに　おえんまさま
もしもあなたが本当においでなら
紙銭もたきます　藁《わら》の馬も作ります
毎日　清水も供えます
あなたの悪口もつつしみます

お母さん
今度は気儘《きまま》に暮してね

お団子のうた――母とは何故《なぜ》こうもあわれが残るものなのか――

病弱な小さい娘が育つように　と
後家《ごけ》になりたての若い女は
笠森稲荷へ生涯　お団子を断《た》った

神仏を信じるには
神仏にそむかれすぎた母が
その故に迷信を一切きらった母が
「断ちもの」をしたということに
娘はいつも重い愛情の負い目を感じてきた

串がなくとも丸いアンコの菓子に
「××団子」とうたってあれば
老いても女はかたくなにそれを拒んだ
「約束は守るためにするもの」
せっぱつまった愚かな母の愛を
賢い人間の信条が芋刺しにして
女の幸《さち》うすい一生は閉じられた

毎月十七日
娘は母の命日に必らず　お団子を供えるのだ
　義理固かったお母さん
あなたはいろいろな約束を守りすぎて
身動きの出来ない人生を送りましたね
でも　もう　みんなおしまい
あなたを苦しめぬいた人間の約束事は

人間でなくなったあなたには無用のもの
さあ　一生涯分　お団子を食《た》べて！

明治の女の律儀なあわれさ
娘は片はしから　お団子をほおばっては
親のカタキ　親のカタキ　と
とめどのない涙を　ながしつづけた

これら二篇の詩は『ものいわぬ人』（思潮社　一九六七年十一月）という詩集に収められている。なかなかの佳品である。初期の詩風から、ずいぶん変化した。初期の詩風は若者らしい見栄や恥じらいがあって、思いや願いをストレートに表現しなかった。それがこの年（詩人は五十歳）になって、ぞんぶん表現するようになった。成長したというより、余計なもの（飾りなど）を一切投げ捨てて、自分と母の姿を直視した。それからまた、母が死んでから、身の軽さが自己を客観視させるようになった。心にゆとりが生まれたのである。山下千江の場合、母の看護生活は想像に絶するほど大変であったが、それがまた、彼女の新しい詩境を開いたのである。

なお、「お団子のうた」の第五連末尾の「親のカタキ　親のカタキ　と」を、「親のカワリ

親のカワリ　と」するテキストも存在する（注10）。しかし、「娘は片はしから　お団子をほおばっては」「親のカタキ　親のカタキ　と」「とめどのない涙を　ながしつづけた」という終わり方は、山下の友人茨木のり子の詩風を想起させる。詩人も成長・変化する。それは円熟という形容では尽くせない。人間の本質・本体に向かって「まっさらな心で」迫っていく変化である。

ところで、詩集『印象牧場』から、次の詩を示す。

落ち葉焚《た》き

さわやかに　きのうをこめて
しらじらと　けむりがながれ
あけくれの　いのりは果《は》てて
ほほえみがわく　とむらいのかげ
うたかたのよろこびを　うたいあげ

うたいあげ　いつの日か
わたくしもまた　ひとひらの
落ち葉となろう

とおい　とおい
あきらめのすがたを
パチパチ　と
ひくく　よびながら

そのままに　しろい
なきがらを　のこし
いつまでも　つつましく
みつめている
にんげんの　旅情の
ゆくえを

この詩はリズムがあって、歌唱に向いているかもしれない。詩の内容は暗くて悲しいものだが、人間の一生を「旅」ととらえれば、人はいつか「落ち葉」となり、弔《とむら》われる身となるのだから、この詩の中身を自分に引きつけて受容する読者は多いだろう。

山下千江という詩人は、見てきたように、不思議な個性を持った詩人である。初期には知性的で、やや難解な詩風の詩人であったが、母を看病し、その死をみとるという体験を通して、より生活的、日常的な詩風の詩人となった。彼女の詩がより広く多くの人々に受容されるという点では、よかったと思うし、また、それは彼女自身にとっても、自分の知らない意外な部分の発見であったといえよう。

**注**

（1）辻村敏樹「服部嘉香先生を偲ぶ」。辻村敏樹『ことばのいろいろ』（明治書院　一九九二年三月）所収。
（2）吉田精一「〈書評〉『幻影の花びら』」『詩学』第八巻第八号（昭和二十八年八月号）。
（3）吉田精一『日本近代詩鑑賞』の『明治篇』（天明社　昭和二十二年一月）『大正篇』（同前　昭和二十一年十月）『昭和篇』（同前　昭和二十七年五月）『現代篇』（同前　昭和二十六年五月）。但し、これらの著書には誤植が多い。吉田は明治四十一年（一九〇八）の生まれであり、服部より二十二年下である。
（4）服部嘉香「河井醉茗論」（『詩学』第二十巻第二号　昭和四十年二月号）。
（5）長谷川書房からの詩集出版計画に関しては、山下千江『印象牧場』の巻末に記されている「新現代詩集」シリーズの広告に拠る。但し、これらは計画のみであり、殆んど出版されなかった。
（6）原子朗の著作で注目しておきたいのは、『筆蹟の美学』（東京書籍＊東書選書81　一九八二年十月）。この本は筆蹟の歴史について考察しつつ、しかも、その筆蹟を探究する人間の思想と心理を分析し、さらに、そうした筆蹟を求めて生きた多くの人々の事例を紹介している。このような興味関心の淵源は、やはり、先師服部嘉香からの伝授だと判断する。
（7）立正大学の本部は東京都品川区大崎にあったが、その教養部を昭和四十二年（一九六七）、埼玉県の熊谷校舎で開設した。また、短期大学は夜間課程で、昭和二十五年（一九五〇）同じ熊谷校舎でスタートした。スタート時は「宗教科、社会科、商経科」の三科であり、修業年限は二ヵ年。但し、この立正短期大学は昭和四十七年（一九七二）、宗教科を廃止し、社会科、商経科の二科となった。原子朗が勤務していた頃の立正短期大学の状況である。
（8）原子朗「原爆詩人」。この文章はのち、原の著書『樹裸記』に所収された。引用は原子朗『樹裸記』（新読書社　一九七四年十二月）二二三―二二四ページ。
（9）『山下千江詩集』（宝文館＊シリーズ昭和詩大系　一九八一年十二月）には、『印象牧場』『見知らぬ人』『ものいわぬ人』『午後　未刊詩集抄』を収録。「解説」を高橋渡が書き、「あとがき」を山下が書いている。
（10）前出・注（9）の『山下千江詩集』所収「お団子のうた」では「親のカワリ　親のカワリ　と」なっている。これは誤植だとわたくしは判断するが、初出の詩集『ものいわぬ人』（一九六七年）の後に出た『山下千江詩集』（一九八一年）で山下自身が「カタキ」を「カワリ」に変更したとも考えることができる。

## 引用の詩篇

・服部嘉香「永遠」「夢」「おもひで」「老いてなほ」「手」「老いらく」
・河井醉茗「ゆずり葉」
・原子朗「半島――能登にて」
・山下千江「有情淡彩」「印象牧場」「花つくり」「やまぶき」「添書《そえがき》」「お団子のうた」「落ち葉焚《た》き」

## 詩集『印象牧場』所収の序文（金子光晴）

山下さんの詩集が出る。服部嘉香さんの愛弟子だ。

服部さんが保證して、山下さんの詩集を校正刷のまゝで見せてもらったが、一通りよんでみて、たいへん面白いとおもった。

むづかしい理窟は言はないことにする。むづかしい理窟のない詩だからである。そのかはりに、この詩集には、うすものをすかして仄《ほの》かに、女の肢体と、そのあたたか味がある。

その肢体は、卵殻《らんかく》のやうに白く照り、時には、鱗粉をちらし、時には、妖しい爬虫類の光を放つ。ほそぼそとした心理が、神経線のやうに流れる。そこに、女の文学の基調があるやうだ。

むづかしい理窟がないと言ったことは、あるひは、山下さんが不平かもしれないが、むづかしい理窟は、ほんたうは余計なものなのだ。実体が乏しいときに、その足場としてしか役に立たない理窟を、詩の本質のやうにあやまってゐる人たちの説に、気弱くなってはいけない。

山下さんは、成長してゆく本体をもってゐるのだから、それにみがきをかけてゆけば、立派な芸術になると思ふ。序といふよりも、この詩集の出版の御祝ひのつもりで書いたこの一文に、少々の苦言を許してもらひたい。

昭和二十九年四月二十六日

金子光晴

＊詩集『印象牧場』において、この序文は、服部嘉香の序文の前に置かれている。山下が金子に特別にお願いした故、儀礼上、師の服部より前に置いたのだろうと推察する。

# 第四部　茨木のり子の世界

# 第一章　脚本「かぐやひめ」の真意

詩人として知られる茨木のり子が放送劇の作家を志していたことは、年譜で明らかである。茨木は三十歳代に幾篇かの劇を書いている。はっきりした製作年代はわからないのだが、今わたくしの手元にあるのは、茨木が執筆したとされる児童劇のレコードである。それは世界文化社が出した「ドレミファランド」という子ども用レコードのシリーズである。その第十二に「名作童話　かぐやひめ」があり、その脚本を書いたのが茨木のり子。但し、レコードの製作年代はわからない。

このレコードについてもう少し詳しく言うと、A面は「きゅっ　きゅっ　きゅっ」「おもちゃのマーチ」「ぞうの　はなは　ながいな」「たなばたさま」などの歌が入っており、B面は劇の「名作童話　かぐやひめ」のみ。二千年代の今日であれば、DVDなど視覚的なものが入るのであろうが、当時（一九六〇年代）は耳で聞くレコードが最新であった。

「名作童話　かぐやひめ」の製作スタッフ及び出演者は次のとおり。

脚色＝茨木のり子　音楽＝広瀬量平
演出＝井上えつ子
出演者　ナレーター　：：村越伊知郎
　　竹取の翁　　：：梶　哲也
　　　　嫗《おうな》　：：関　弘子
　侍女　　　　：：太田淑子
　求婚者たち　：：ボーカル・カレッジ
　天女たち　　：：クリスタル・ヴォイス
　子供たち　　：：杉並児童合唱団

若き日の茨木のり子が「かぐやひめ」（竹取物語）をどう料理したのだろうか。その関心で聞いてみた。これは面白い！　以下は、そのストーリーとわたくしの感想である。

かぐや姫に求婚する男たちが五人いる。それぞれに姫は用意して欲しいものを伝える。ある者には「仏《ほとけ》の石の鉢《はち》」、ある者には「蓬莱《ほうらい》の山にある木の枝」、ある者には「火ネズミのかわごろも」、ある者には「竜の首にある大きな五色の玉」、ある者には「つばくらめがもっている子安貝」。

どの人も失敗してしまう。そして、ある者は貧乏になり、ある者は病気になり、また、ある者は死んでしまう。男たちの話を聞いた天子さまが姫の家を訪ねてくる。そして天子さまも、かぐや姫にふられてしまう。

それから、かぐや姫は毎夜、お月さまを見て、しくしくと泣いた。翁がその様子をこっそりと見ていると、姫は人間の目には見えない人と、ひそひそ話をしている。翁と嫗が心配して姫に尋ねると、「わたくしは月の都の人で、これから月に帰らなければならないのです。」と言う。翁と嫗はそれを聞いて心配する。天子さまに相談すると、「そんなことはさせない。」と言って二千人の兵隊をよこして、姫を守らせた。

だが、ついに、空から天人がたくさんやって来た。辺りは昼のように明るくなり、「空とぶ車」が降りてきた。兵隊たちは魔法にかかったように動けない。かぐや姫はそれから、お世話になった翁と嫗にこれまでのお礼と別れの言葉を告げ、「空とぶ車」に乗った。

「空とぶ車」はたくさんの天人に守られて、天に上って行った。

茨木のり子の「かぐやひめ」で注目するのは、天子さま（帝《みかど》）の扱いである。原作の竹取物語では、五人の求婚者たちが失敗した後に帝が登場し、姫の家を訪ねる。そして帝はお帰りになるとき、「皇居へ来ないか」と姫を誘う。すると姫は、「いまさら金殿玉楼に住みたいとは思いません。」という意味の返歌を送る。それから三年後に、姫は月に帰らなくてはならなくなるのである。

ところが、茨木の脚本では、帝の登場はごく、あっさりしている。レコードに収録する時間を考えて省略したというのが第一の理由であろう。また、帝の要請に従わない女性という面を余り強く出したくなかったからであろう。日本の子どもに帝への叛意《はんい》の念を抱かせようと思わなかったからである。

しかし、茨木がそもそもこの竹取物語を児童用のレコードで取り上げたいとしたこと、それ自体が茨木のり子らしいと、わたくしは思う。

周知のように、かぐや姫は帝の要求・要請にも従わない「骨のある」女性である。物語では「月の世界の住人」（異世界の人）であるから、このような行動がとれたとなっているが、人間世界の現実においても、このような女性が存在してもいい、そう思って茨木はこの物語を少年少女のために劇として書きおろしたのである。

# 第二章　女の子への応援歌

「女の子のマーチ」という、元気のいい、痛快な詩がある。

男の子をいじめるのは好き
男の子をキイキイいわせるのは大好き
今日も学校で二郎の頭を殴ってやった
二郎はキャンといって尻尾をまいて逃げてった
　二郎の頭は石頭
　べんとう箱がへっこんだ

全部で四連ある詩の第一連が、これである。読んでいて調子がいい、リズミカルだ。読者の自分が男であるのを忘れてしまう。また、こんな元気のいい女の子にいじめられたいと、多少マゾヒストの感じになったりする。しかし、よく読んでみると、この女の子が頭を殴った二郎というのは、はたして、人間の「男の子」なのだろうか。「キャンといって尻尾をまいて逃げてった」姿を思い浮かべると、なぜか、オスの子犬のように思える。いや、オスの子犬のように逃げていく人間二郎の姿なのだろう。このような曖昧《あいまい》さの創造が、実にみごとである。

パン屋のおじさんが叫んでた
強くなったのは女と靴下　女と靴下ァ
パンかかえ奥さんたちが笑ってた
あったりまえ　それにはそれの理由《わけ》があるのよ
　あたしも強くなろうっと！
　あしたはどの子を泣かせてやろうか

詩の最終第四連である。これは、女の子のマーチのまとめであるから、あまり面白いところはない。これまでの連で、強い女の子の具体的な様相は出ているので、今更ここで、「あたしも強くなろうっと」などと言わなくてもいいのにと思ってしまうが、どうであろうか。

第二連は「お医者のパパ」がいう「女の子は暴れちゃいけない」、第三連は「梅干ばあちゃま」がいう「魚をきれいに食べない子は追い出されます」、これらに対する反論が述べられる。この二つの連には、詩人茨木のり子の実体験が反映されている。だから、具体例が個人的であり、詩の読者にはよくわかる半面、よくわからない面もある。茨木自身のパパや、ばあちゃんよりずっと後の世代の親や、ばあちゃんは、娘や孫娘に何と言うだろうか。わたくしは、それが気になる。おそらく、これとはまた違ったセリフを言うだろう。

しかし、女の子のマーチの主旋律は普遍的である。だから、わたくしは今（二千年代）の高校生に、このような新しい「女の子のマーチ」を作ってもらいたい。高校の国語の先生にぜひ、期待したい。高校国語の時間に生徒に、現代版「女の子のマーチ」を作らせてみたらと思う。

ところで、茨木の詩「女の子のマーチ」の初出は雑誌『現代詩』一九五九年七月号であり、この作品は単行本『茨木のり子詩集』（思潮社＊現代詩文庫　一九六九年三月）に収められた。『茨木のり子詩集』の二十三年後、島田陽子の『島田陽子詩集』（土曜美術社＊日本現代詩文庫　一九九二年一月）が刊行された。その中に、「おんなの子のマーチ」と題する詩が入っている。

それは次のとおりである。

きかいに　つようて
げんきが　ようて

スピードずきな　おんなの子やで
うちのゆめは　パイロットや
ジャンボジェット機　うごかしたいねん
　おんなの子かて　やれるねん
　やったら　なんでも　やれるねん
しんぼう　づようて
あいそが　ようて
しゃべるん　すきな　おんなの子やで
うちのゆめは　外交官や
せかいのひとと　あくしゅをするねん
　おんなの子かて　やれるねん
　おかあさんになったかて　やれるねん
ちからが　つようて
どきょうが　ようて
スリルのすきな　おんなの子やで
うちのゆめは　レンジャーや

災害おきたら　たすけにいくねん
おんなの子かて　やれるねん
そやけど　せんそう　いややねん
へいたいさんには　ならへんねん

島田の「おんなの子のマーチ」は、先行の茨木詩「女の子のマーチ」と題名は似ているが、中身は異なる。

まず、大阪弁が特徴である。そして、何よりも大きな違いは、茨木詩は封建的な、一昔前の家父長制の下での「あるべき女性像」から脱け出そうとして「強くなろう」と自ら鼓舞しているのに対して、島田の詩は「おんなの子の将来の職業的な夢の可能性」を大きく宣言していることである。しかも、最後の「そやけど　せんそう　いややねん／へいたいさんには　ならへんねん」の決め台詞が、素晴らしい効果を上げている。

茨木の「女の子のマーチ」は決して古びてはいないが、詩の中に登場する「お医者のパパ」や「おばあちゃま」のいうせりふが古色蒼然とした時代性を感じさせてしまう。こんなことを言う「パパ」や「おばあちゃま」は今時珍しくて、ほとんど存在しないだろう。だから、「あたし」は古臭い考えの「パパ」や「おばあちゃま」にそれとなく逆らって、「パン屋のおじさん」や「パンかかえ、笑ってる奥さんたち」に見習って「あたしも強くなろう」と決意する。「新しい女の子として生きる」茨木のり子の自立宣言である。

わたくしはこの稿の前の部分で、現代版「女の子のマーチ」を作らせてみたらと述べた。島田陽子の「おんなの子のマーチ」はその一つの例のようにも思えるが、これは小学校高学年から中学生くらいの詩の雰囲気である。高校生なら、もう少し異なった現代版「女の子のマーチ」ができるのではないだろうか。

**参考**

茨木作「女の子のマーチ」でパパが言う忠告は、女の子は子どもを産むから「暴れちゃいけない」だし、ばあちゃまが言う忠告は、女の子は嫁入り先でお行儀が悪いと「追い出されます（離縁されます）」である。

# 第三章　戦争体験

「六月」と題する詩がある。次の通り。

どこかに美しい村はないか
一日の仕事の終りには一杯の黒麦酒《ビール》
鍬を立てかけ　籠を置き
男も女も大きなジョッキをかたむける

どこかに美しい街《まち》はないか
食べられる実をつけた街路樹が
どこまでも続き　すみれいろした夕暮は
若者のやさしいさざめきで満ち満ちる

どこかに美しい人と人との力はないか
同じ時代をともに生きる
したしさとおかしさとそうして怒りが
鋭い力となって　たちあらわれる

わたくしは時々、この詩を思い浮かべるが、その題名は「美しい村」だと思っていた。堀辰雄の小説の題名と同じだと勝手に思い込んでいた。しかし、正しくは「六月」である。では、なぜ、この詩の題名が六月なのだろう?

詩の本文には、六月という言葉は全く出てこない。

しかし、六月という時期、その季節を表す言葉は出てくる。ビールをおいしく飲む六月ごろという季節感である。だが、その決め手はない。何となくという感じである。

作者はブリューゲル（フランドルの画家）の絵「干草《ほしくさ》の収穫」「村の婚礼」等を見て、この詩を発想したのではないか。わたくしはそう思う。野良仕事に精を出す庶民の姿、また、その庶民が仕事の終りに、そろってジョッキをかたむける、そんな姿が浮かんでくるからだ。

第二連以降は、そうしたヨーロッパの風景から一転して、身近な日本の街の風景になる。そして、第三連は作者の強いメッセージ、希望である。
ところで、次の詩を見てみよう。

劉連仁《リュウリエンレン》　中国のひと
くやみごとがあって
知りあいの家に赴くところを
日本軍に攫《さら》われた
山東省の草泊《ツアオポ》という村で
昭和十九年　九月　或る朝のこと

こういう書き出しで始まる長い詩である。五百行余りの、熱情あふれる物語詩「りゅうりぇんれんの物語」。わたくしはこの物語詩を、ずいぶん昔のことになるが、横井庄一、小野田寛《ひろ》郎《お》のニュースを聞いた直後に読んだ。そのような出合いである。

横井、小野田は共に旧日本軍人であり、発見されるまでジャングル生活を送っていた。横井はグアム島（＊現在はアメリカ合衆国の領土）のジャングルで二十八年間、小野田はルバング島（＊現在はフィリピンの領土）のジャングルで三十年間、それぞれ生活していた。横井はグアム島で見つけられ、一九七二年（昭和四十七）二月、日本に帰った。横井は五十歳代の半ばを過ぎていた。また、小野田は一九七四年（昭和四十九）三月、日本に帰った。小野田は五十歳代の半ば以前であった。

彼らが発見されて、日本の人々は驚いたと同時に、国中で彼らを英雄視する空気が漂った。そして、彼らを「国賓」及び「友好のシンボル」にしようという雰囲気にまで高まった。「日本という国家のために」戦った英雄であるという賛辞が、どこからともなく湧いて出た。

ところで、劉連仁は、どうなったのか。彼は中国人である。彼は日本で、どのような処遇を受けたのだろうか。また、茨木のり子はどういう考えから、この物語詩に着手したのだろうか。それがわたくしには、知りたいことであった。

劉連仁は中国、山東省の草泊《ツアオポ》という村で日本軍につかまった。昭和十九年九月のある朝のことだった。「華人労務者移入方針」という政策でとらえられ、八百人を越す他の中国人とともに、青島《チンタオ》に運ばれる。そこから船に乗せられ、門司に運ばれる。日本で働く中国人「労務者」を移入するという建前であるが、実際の身分は「捕虜《ほりょ》」（＊俘虜《ふりょ》と同意味）だった。

門司で、八百人の中からさらに二百人が選ばれ、汽車そして船で運ばれ、着いたのは函館という町。そこで汽車に乗せられ、着いたのは雨竜《うりゅう》郡。劉連仁らはここの炭鉱で、石炭掘りの労働を強制される。

十月末には雪が降り　樹木が裂《さ》ける厳寒のなか
かれらは裸で入坑する
九人がかりで一日に五十車分を掘るノルマ
棒クイ　鉄棒　ツルハシ　シャベル
殴《なぐ》られて殴られて　傷口《きずぐち》に入った炭塵《たんじん》は
刺青《いれずみ》のように体を彩《いろど》り　爛《ただ》れていった
〈カレラニ親切心　或イハ愛撫ノ必要ナシ
入浴ノ設備必要ナシ　宿舎ハ坐シテ頭上ニ二、三寸アレバ良シトス〉
逃亡につぐ逃亡が始った
雪の上の足跡を辿《たど》り　連れもどされての
烈《はげ》しい仕置《しおき》
雪の上の足跡を辿《たど》り　連れもどされての
目を掩《おお》うリンチ
仲間が生きながら殴り殺されてゆくのを
じっと見ているしかない無能さに

りゅうりぇんれんは何度震《ふる》えだしたことだろう

捕虜として日本軍に痛めつけられた彼に、祖国は遠い。祖国にいる妻や子のことが心配になる。何としても会いたい。そこで彼は同じ捕虜の二人とある日、逃亡する。だが、二人はつかまり、彼一人となる。

それから彼は冬は穴の中で過ごす。まるで熊のようにして。そして、春になると穴を出て、食べ物を探す。

彼は北海道開拓村の小屋から、生きるためにいろんなものを盗んだ。だが、子どものものだけは決して盗まなかった。また、長い冬を洞穴で過ごしたため、足腰が麻痺した。外へ出ても、充分に歩けなかった。充分に歩けるのに秋までかかった。

彼は人と会わなかったため、人間を恐れた。物を記憶したり、考えたりすることから遠ざかったため、記憶力や思考力が退化し、彼はまるで獣のようになって生き続けた。

そして、十四年間の洞穴生活の末、彼はやっと発見された。一九五八年（昭和三十三）二月のことだった。日本政府はこのような劉連仁を「不法入国者」「不法残留者」として処遇しようとした。しかし、心ある日本人と中国人の運動によって彼は身元が保証され、ようやく祖国に帰ることができた。

捕虜として精神的及び肉体的にも痛めつけられた、しかも、その上にスパイの嫌疑までかけられた劉連仁の帰国と、横井及び小野田の帰国、その違いをわたくしたちはよく考えてみなければならない。そうした考える視点を、茨木の詩「りゅうりぇんれんの物語」は与えてくれる。わが国内で外国人を酷使し、その上スパイの嫌疑をかけて痛めつけ、疑い続けて祖国に帰した日本人が、今度は外地のジャングルで「武器を持ったオオカミ」としてその土地の住民を恐れさせていた旧日本軍人を、拍手喝采で迎えようとしている。どう見ても、おかしな振る舞いである。身勝手な日本人！　そう思われても仕方がない。

ところで、茨木の物語詩「りゅうりぇんれんの物語」は、欧陽文彬著・三好一訳『穴にかくれて十四年――中国人俘虜劉連仁の記録――』（新読書社　一九五九年）を参考にして作った。劉連仁の語る話を欧陽文彬（上海の『新民晩報』記者）が文章化した本である。

茨木の物語詩「りゅうりぇんれんの物語」は、雑誌『ユリイカ』一九六一年（昭和三十六）一月号に発表された。「朗読のための詩」として書かれた。のち、同年の秋、川崎洋との合作でこの詩を書き改め、「交《かわ》されざりし対話」としてラジオ劇場（ニッポン放送）で発表。この時の出演者は宇野重吉と山本安英。『穴にかくれて十四年』という本が出てから、たいへん素早い対応である。

ところで、この『穴にかくれて十四年』と「りゅうりぇんれんの物語」を読み比べてみると、まず、茨木がこの本の記録に沿って、できる限り忠実に記そうとしているのがうかがえる。しかし、詩には記録にない部分もあり、想像力によって膨らんでいる箇所もある。それは決してマイナスではない。詩は創造であるから。そして、何といっても五百行余りという長さ、また、自己の戦争体験と重ねつつ、この物語詩を書いていることなどを考慮すると、茨木のり子が劉連仁の記録に並々ならぬ感動を受けたことは、確かである。

詩「りゅうりぇんれんの物語」から、もう一箇所引用する。北海道の炭坑から逃げた三人の男たちの様子が描かれている。

三人の男たちは
黙々と　冬眠の準備を始めた
短い夏と秋は終っていた　ふぶきはじめた空
熊の親戚みてえなつらして　この冬はやりすごそう
捨てられたスコップを探してきて
穴を掘りぬき　掘りぬいてゆく
昆布と馬鈴薯と数の子を　貯《たくわ》えられるだけ貯えて
三つの躰《からだ》を閉じこめた　雪穴のなかに

三人の男たちは　ふるさとを語る
不幸なふるさとを語ってやまない
石臼《いしうす》の高粱《こうりゃん》の粉は誰が挽《ひ》いたろう
あの朝の庭にあった石臼の粉は
母はこしらえたろうか　ことしも粟餅《あわもち》を
俺は目に浮《うか》ぶ　なつめの林
まぼろしの棗林《なつめばやし》
或る日　日本軍が煙をたててやってきて
伐り倒してしまった二千五百本
いまは切株だけさ　李家荘の部落
じいさんたちが手塩にかけて三十年
毎年　街に売りに出た一二〇トンの棗の実
俺は見た
理由《わけ》もなく押切器《おしきりき》で殺された男の胴体
生き埋めにされる前　一本の煙草をうまそうに吸った
一人の男の横顔　まだ若く蒼《あお》かった……

作中の「三人の男たち」とは、劉連仁を含む捕虜三人である。作中の「俺」とは、劉連仁自身を指す。「三人の男たちは　ふるさとを語る／不幸なふるさとを語ってやまない」とあり、彼らはふるさと（中国）での思い出にふける。その思い出の中心は、日本軍に痛めつけられた辛い思い出である。この物語詩の続きを読むと、ぞっとする。虐待され惨殺される女性の姿である。それを思い出した「俺」は、ふるさとにいる「おまえ」に「もしものことがあったなら」と思う。「りゅうりぇんれん」は「いやな予感」「重なりあう映像」を「ふり払い　ふり払い」、「膝をかかえた」。

このような辛い思い出をかかえ、不安にかられたのは劉連仁だけではない。ほかの二人も同じであった。「三人の男たち」はそれぞれ、膝をかかえて「冬を耐えた」。

ところで、茨木の物語詩「りゅうりぇんれんの物語」が発表されてから数年後、日本の外務省管理局が作成した『華人労務者就労事情調査報告書』の中身を見ることができるようになった。この『報告書』の内容をふまえて執筆されたのが、森越智子の著書『生きる　劉連仁の物語』（童心社　二〇一五年七月）である。この本は、劉連仁の足跡を辿るのみならず、大部な『報告書』が全焼却されるのを防いだ日本人の一調査員（外務省から委託された東亜研究所の調査員）のこともふまえて執筆されている。関連文献に森越智子「もう一つの物語」（『日本児童文学』

二〇一七年九・十月号）がある。茨木の物語詩と併《あわ》せて読むと、さらなる詳細が明らかになる。

# 第四章　山本安英から木下順二へ

茨木のり子に「汲む――Y・Yに――」と題する詩がある。

大人になるというのは
すれっからしになることだと
思い込んでいた少女の頃
立居振舞の美しい
発音の正確な
素敵な女のひとと会いました
そのひとは私の背のびを見すかしたように
なにげない話に言いました

ここまで読んでくると、詩人茨木が惚れ込んでいる「素敵な女のひと」って、いったい誰なのだろう?と先を読みたくなる。同性が同性に惚れるというのは、あっても別におかしくはない。それは「ひと」として惚れる(感動する、心が揺さぶられる)ということであり、自分にないものを「その人」が持っているからである。その「自分にないもの」とは、もちろん、物質的なものではない。お金などで買えるというものではない。昔から「人品卑《いや》しからず」といった「人品」(ひととしての品格)である。

それでは、詩人茨木のり子が惚れ込んだY・Yさんの品格とは、どのようなものなのであろうか。詩の続きを読んでみる。

初々しさが大切なの
人に対しても　世の中に対しても
人を人とも思わなくなったとき
堕落が始《はじま》るのね　堕《お》ちてゆくのを
隠そうとしても　隠せなくなった人を何人も見ました

これはY・Yさんのいった言葉をそのまま記録した箇所である。

この言葉を聞いた「私」は「どきん」とする。それから、「私」は述懐する、「大人になっても　どぎまぎしたっていいんだな」って。

「ぎこちない挨拶」「なめらかでないしぐさ」「頼りない生牡蠣《なまがき》のような感受性」、それらを変えたり鍛えたりする必要は少しもなかったのだ。

そして、この詩の終りは次のとおり。

わたくしもかつてのあの人と同じくらいの年になりました
たちかえり
今もときどき　その意味を
ひっそり　汲むことがあるのです

世阿弥《ぜあみ》の能楽論書『花鏡《くわきやう》』（※新仮名では、かきょう）にある言葉「初心忘るべからず」の「初心」と茨木のいう「初々《ういうい》しさ」、似ているようだ。いつ、どんな時でも「はじめて会う」「はじめて見る」、そのような初対面の気持ちを持ち続けたいということなのだろう。決して、慣れてはいけない。慣れるとは習熟することであり、普通はプラス評価される。「おお、うまくなったね」「しっかり、よくできるようになった」と誉め言葉で評価される。だが、詩人はそうは考えない。

「大人になっても　どぎまぎしたっていいんだ。」、これはY・Yさんのいった言葉ではない。Y・Yさんのいった言葉から詩人が広げて行った言葉である。つまり、他者の言葉を忠実に再現・記録するというのでなく、他者の言葉を手掛かりにして（ヒントにして）聞き手が敷衍していった認識、それを言葉にしたものである。

こうした理解の方法は、ここで詩人が披露しているのみならず、わたくしたちが普段から行っていることである。

だから、詩人は率直に表現している、「私はどきんとし　そして深く悟りました。」

詩人は、原初の人間を憧憬しているのだろう。すなわち、文明が高度になればなるほど、人間は狡猾になり、人間らしさを失っていく。昔、「猿の惑星」という映画を見たが、猿が文明の利器を次々に使うようになると、持っていた素朴な感受性や品性を失っていく。

現代社会を生きる我々に、素朴な人間性を失わないようにとのメッセージを発しても、どこまで汲み取ってもらえるか定かでない。ただ、時には自分の身の周りや、自分自身を振り返って、素朴な人間性に帰る日々や瞬間があってもいいのではなかろうか。

まさに、「たちかえり／今もときどき　その意味を／ひっそり　汲むことがあるのです。」

ところで、わたくしは山本安英「夕鶴」の舞台を見たことがある。そのことに関して以下、記しておく。それは「夕鶴」の初演から三十五年目であり、千回公演を達成する年であった。木下順二が戯曲「夕鶴」を発表したのが一九四九年（昭和二十四）、『婦人公論』一月号である。この年の十月から「夕鶴」の公演が始まった。そして、一九八四年（昭和五十九）七月二十五日、福島県の福島市公会堂で第千回を上演した。

この年（一九八四年）六月、埼玉県で二回、「夕鶴」の公演があった。六月二十日（水曜日）羽生市で、六月二十二日（金曜日）浦和市で。わたくしの記憶にあるのは、この二回である。埼玉県でのこの二回の公演は、千回公演の「山頂」に登り詰める寸前の舞台であった。

わたくしは、一九八四年（昭和五十九）六月二十日（水曜日）羽生市で、この「夕鶴」公演を観た。その感想を依頼されて『埼玉新聞』に書いた。以下、その記事を手掛かりにして、要点のみを記す。

木下順二の「夕鶴」は、日本各地に民話として残っている「鶴の恩返し」をふまえている。この民話は、恩返しという点に重きをおいた報恩譚《たん》や、人と鶴とが夫婦になるという点に重きをおいた人獣婚姻譚としても読める。しかし、木下順二はこれを人間誰しもの心に潜む純粋感情の話として受けとめた。そして、この純粋感情を核にして、さらにその周縁に詩と幻想の膜をかぶせ、現代的な感覚で戯曲「夕鶴」を完成した。

山本安英の演じるつうは、まさに、純粋感情の化身である。つうは、人になった鶴であり、鶴になった人ではない。つうの出現は、人間界にただ一羽降り来《きた》った雛鳥《ひなどり》の如く不安げである。その目、その手、その足の所作すべてが、慣れていなくて不安げである。「初々しさ」とは、まさに、このことだとわたくしは直感した。

よひょうは、人間界の住人であるが、やはり純粋感情の持ち主であり、つうの言葉がわかる。しかし、よひょうは、運ずや惣どとの関わりによって、つうと共にいる世界から徐々に離れていく。その苦しさと悲しさを抱いて、つうは夜ふけの吹雪の中で乱舞する。そして、疲れはて、雪の中に倒れ伏す。やがて、よひょうが探しにくる。見つけて名を呼び、抱きしめる。ここが感動のクライマックスであった。

山本安英は木下順二から、つうのモノローグ（独白）のセリフは「人間の言葉」としてでなく言って欲しいと言われた。このことは山本の著書『鶴によせる日々』（中内書店　一九五〇年三月）所収の「私と人生」に記されている。このことはわたくしたちに技術（技巧）という面と、もう一つ、それを支える人間性という面を考えさせる。

木下は、純粋感情の表現が世俗的な人間界のものと切断することによって可能になると考えた。そのような木下の意図を山本は、技術面での向上とともに、俳優としての人間性の練磨で達成しようとした。

純粋感情の持ち主の典型は、「子ども」である。子どもは心を空《くう》にして遊ぶ。日本古来では、一茶や良寛の例がある。大人になっても、「子ども」の心を忘れず、持ち続けた人たちである。山本安英はつうの役を演ずるにあたり、まず子どもを観察し、子どもから学ぼうとした。だが、そのうち山本は開眼する。観察し、学ぼうとする姿勢も大切だが、そこにとどまっていたら、先へは進めない。すなわち、まだ、この先があると気付いた。

「私自身がまず、子どもになるよりほかにない」、そう決意し、練習を重ねた。そして、やっと、つうの「純粋感情」をあらわす声の出し方・話し方・身振り手振りを体得した。

さらに、「夕鶴」の公演を観てわたくしが感じたこと・気付いたことは、「おばさん、あそぼう」「おばさん、あそんでけれ」という子どもたちの純粋な言葉と所作に、つうの存在が包まれていたことである。この劇にはたくさんの子どもが登場した。

劇が終わり、役者及びスタッフ一同が舞台に並んだ。花束を受け取る山本安英の傍らに、必死に涙をこらえている少女の俳優がいた。彼女の存在の重さを、わたくしはどうしても忘れることができなかった。
＊ 木下順二は二〇〇六年（平成十八）十月三十日、九十二歳で逝去。一九一四年（大正三）八月二日、東京の本郷に生まれた。東京大学文学部英文科に入学。中野好夫らに師事し、イギリ

ス・エリザベス朝期の演劇を学ぶ。昭和戦後、戯曲「風浪」を発表し劇作家となる。代表作は民話劇の系列では『夕鶴』、現代劇の系列では『オットーと呼ばれる日本人』、歴史劇の系列では『子午線の祀《まつ》り』など。

**注記**

・山本安英の劇「夕鶴」に関する部分の記述は、拙稿「「夕鶴」を観る」（『埼玉新聞』文芸文化欄　一九八四年七月三日）を基に加筆した。

・木下順二と茨木のり子が日本全国にある「美しいことば、力強いことば、豊かなことば」をどうやって残していくかについて話し合っている文献がある。この二人の対談「民俗のことば」（筑摩書房『国語通信』第百三十六号　一九七一年五月）は看過できない文献である。

# 第五章　『人名詩集』

『人名詩集』は、一九七一年（昭和四十六）五月十日、山梨シルクセンター出版部から「現代女性詩人叢書第一」として刊行された。発行者は辻信太郎。辻は後にサンリオを起し、やなせ・たかしに雑誌『詩とメルヘン』を編集させた。

『人名詩集』刊行までの著者（茨木のり子）の経歴は次のとおり。

一九二六年、大阪に生まれる。一九四六年、帝国女子医学薬学理学専門学校（現、東邦大学薬学部を繰り上げ卒業。一九五三年、川崎洋とともに『櫂』創刊。一九五五年、『対話』（不知火社）。一九五八年、『見えない配達夫』（飯塚書店）。一九六五年、『鎮魂歌』（思潮社）。一九六九年、『茨木のり子詩集』（思潮社）。

この詩集『人名詩集』（山梨シルクセンター出版部　一九七一年五月）には、とても素晴らしい「あとがき」がついている。それは次のとおりである。

寂しさに麦を月夜の卯兵衛かな

という蕪村の句がある。

みちのくの老爺《ろうや》が一人暑熱を避けて、朗々たる月夜に、労働と風流とをいっしょくたに、よもすがらごとごとと麦を搗《つ》いていた一場面に遭遇した蕪村が、思わず名を問い書きとめた句である。

本当の名は宇兵衛だったのだが、月にひっかけて卯兵衛にしてしまったらしい。しかし、ただの老爺ではなく卯兵衛と書きとめてくれたおかげで、二五〇年前の「うへい氏」の実在感は、私にはきわめて強く感じられる。

蕪村のなかでは、とりわけ名吟とも思えないのに、忘れがたいものがあり、この句を読んだ頃からだろうか、私も人名をおそれげなく用い、「人名詩集」とでもいったものを一冊編んでみたいと思うようになった。

こうして、この詩集が成立した事情を語っている。中でも、冒頭に蕪村の俳句を掲げて、句中の人名「卯兵衛」が本当は「宇兵衛」だったのに……と展開していく、話の運びは、実にみごとである。

それではなぜ、蕪村がこの俳句において、「宇兵衛」を「卯兵衛」に変えたのか。その心意について茨木は明言していない。

それは茨木にとっては、言わずもがなであったからである。しかし、この文章を読む読者のすべてがわかるであろうかとわたくしは危ぶむ。

「余計なことをしなさんせ」と茨木から怒られるかもしれないが、とりあえず注記しておく。それは、月に付くのはウサギ（卯《う》）であるからだ。名月を見ると、月の中でウサギが餅つきをしているかのように見えるという。それが、わが国の故事的な常識である。しかし、この常識も今日では風化しているかもしれない。

蕪村の俳句を味わう上で、「月にひっかけて卯兵衛にしてしまった」というのは、そのような文脈において理解する必要がある。

ところで、『人名詩集』の最終に位置する詩は、題名が「古潭」。その一節は次のとおり。

女は二番目の子を抱いて　生涯で一番美しい時期であったのに
男はろくすっぽ　見もしなかった
破れた粗衣《そい》からこぼれる丸い肩　光りかがやいていたのに
遠からぬところで戦い起り
屈強の若者はわれさきに飛び出していった

ひっぱられるよりも先に
男も得たりや応と　すっとんだ
女がきれぎれにわめく鄙語《ひご》をふりきって

これを読んで、わたくしの眼はくぎ付けになった。記憶の中にある茨木の詩「わたしが一番きれいだったとき」が、よみがえった。

わたしが一番きれいだったとき
まわりの人達が沢山死んだ
工場で　海で　名もない島で
わたしはおしゃれのきっかけを落してしまった

わたしが一番きれいだったとき
だれもやさしい贈物《おくりもの》を捧《ささ》げてはくれなかった
男たちは挙手《きょしゅ》の礼しか知らなくて
きれいな眼差《まなざし》だけを残し　皆発《た》っていった

詩「わたしが一番きれいだったとき」は、茨木のり子の戦争体験である。彼女の詩的出発期において、これが避けられない課題であったが、詩集『人名詩集』においても、このことを確認した。表面はリズミカルな抒情に包まれているが、その本質は暗い、癒しがたい情念である。その情念が知性によって、剛毅な批判精神に昇華されている。

青春期の明るさや喜びが戦争によって捻じ曲げられたことへの怨念と、その寂しさ悲しさが吐露されている。

のけものにされた少女は防空頭巾《ずきん》を
かぶっていた　隣村のサイレンが
まだ鳴っていた

あれほど深い妬《ねた》みはそののちも訪れない
対話の習性はあの夜　幕を切った

これは茨木の第一詩集『対話』所収の詩「対話」の末尾である。空襲警報のサイレンの音を聞きながら、防空頭巾の少女は「美しいもの」「明るいもの」「さわやかなもの」から縁遠くなったことを知る。そして、自分自身と対話することを「習性」として生き始める。

このことをとらえて大岡信は、『人名詩集』所収の解説「茨木のり子の詩」で、「言葉を超えた瞬間に何としてでも接近するための、心の中での自分自身との対話（を重ねる）」という。また、大岡はこの「心の中での自分自身との対話」の状態を「沈黙の中での言葉の泡立ち」ともいう。この様相を呈する状態が、茨木のり子において詩が生まれる瞬間なのだ。

さらに、大岡は茨木の詩は「外向的でありつつ同時に内省的」であり、この「外向的」と「内省的」という両面の「統一されたすがた」が茨木詩の特徴だと指摘する。

具体的に彼女の作品を見てみよう。詩集『人名詩集』に「トラの子」と題する作品がある。これは周知のように、詩人金子光晴を素描した詩である。とてもユーモラスで、実に生きている光晴が浮かんでくる。映画やビデオの金子光晴を見ても、これほど巧みに光晴像を浮かび上がらせることはできないだろうと、わたくしは感嘆する。

氷雨の降る冬のある日、金子は茨木の家を訪ねてくる。茨木の夫三浦安信は、医師である。別に診察をしてもらうわけではないが、自分は狭心症の症状があってと金子は言う。

したい仕事が多くあり

あと少々の寿命は欲しいところだという
すばらしい長距離ランナーを迎えて
ジュースやスポンジの代りに
抹茶をさわさわ泡だてれば
風流ですね　と言いつつも
「僕は鼻がばかだからね
　便所のなかで蕎麦《そば》くってみせてやるんだ」
「薬マニアだから　何でも飲んじゃう
　畳の上にころがってるやつを
　ポイと口にして　あとで見たら　これが
　子宮収縮剤でね
　薬のほうが驚いたろうと思うんだ
　入ってはみたものの」
「いや　子宮といえども筋肉ですから
　金子さんの筋肉のどこかは縮《ちぢ》めたでしょう」
かかる珍問答の続いたあげく

シェーファーの太い万年筆を忘れていかれた
それは我が家の新聞入れの底に
知られず一週間　眠っていた

この後、しばらくたってから「私」（詩人茨木）が金子の家を訪問して、シェーファーの万年筆を届ける。その後は次のとおり。

忘れものを返して辞すとき
「どうぞ　そのまま」と言ったのに
金子さんはすっと立って玄関まで送りに出た
見れば下はウールの着物である
煉瓦《れんが》いろのおこしのようなものも　ちらちら
その上にゆったりと虎のとっくりセーターである
マキシと言わんか
（いやいやこの流行もたちまち古びてゆくであろう）
ならば脱俗というべきか

逸遊《いつゆう》がふさわしいか
心のなかは唸《うな》り声でいっぱいで
帰ってから気を落ちつけて
よおく考えてみるに
彼は
日本の隠しておきたい大事なトラの子に
おもわれてきた

　このように素描された金子が、わたくしにはうらやましく思えるが、それにしても何と面白く、また、温かく人間そのものをとらえていることだろう。詩による人間スケッチである。写真やビデオといった映像で人間をとらえるのも興味深いが、このように言葉で人間をスケッチするというのも大いに面白い。

『人名詩集』には他に、「吹抜保《ふきぬけたもつ》」「王様の耳」「スペイン」「大国屋洋服店」等の佳品が多い。吉野弘の「漢字喜遊曲」等と並べて、言葉表現の面白さや可能性を探究することができる。

注記

・『人名詩集』に関する部分の記述は、拙稿「茨木のり子の世界　『人名詩集』を中心に」（『埼玉新聞』文芸文化欄　一九七四年四月二十六日）を基に加筆した。

# 第六章　山下千江と共に

前に取り上げた詩人山下千江と、茨木のり子との関係について述べる。

まず、最も明らかなことは山下の最初の詩集『印象牧場』について茨木がその書評を雑誌『詩学』に発表していることである。それは『詩学』一九五四年（昭和二十九）八月号である。いささか難渋で、取り扱いにくいこの詩集を茨木がどうして取り上げたのか理解に苦しむが、その理由の一つとして茨木の敬愛する金子光晴が序文を書いていたからだと、わたくしは憶測する。

さて、それはともかくとして、山下と茨木との交友はいったい、どのようなものであったのだろうか。その辺の問題を以下、山下宛の茨木の書簡で検討する。

山下千江は一九一八年（大正七）の生まれである。茨木のり子は一九二六年（大正十五）の生まれである。山下の方が八年、年上である。茨木は長女であり、下に弟がいる。女きょうだいのなかった茨木にとって山下は姉のような存在であったかもしれない。

山下千江の先輩詩人に中村千尾や高田敏子がいる。中村千尾は一九一三年（大正二）の生まれであり、高田敏子は一九一四年（大正三）の生まれ。山下にとって中村千尾も高田敏子もともに、頼りになる先輩であった。中村や高田が中心になって詩の同人雑誌『ＪＡＵＮＥ』（※ジョーヌはフランス語で黄色の意）を一九五五年（昭和三十）、創刊する。その仲間に山下も加わった。

一九五七年（昭和三十二）の写真がある。三人の女性詩人が写っている。真ん中に一番背の高い中村千尾、その左にたくましい高田敏子、右にややがっちりした山下千江。写真からうかがえる山下は四角い顔。撫で肩でなく健康そうである。がっちりした骨格を思わせる。身長は高くもなく低くもない。普通である。左腕にハンドバッグをさげている。

さて、わたくしが見た山下宛の茨木書簡で最初のものは、一九五五年（昭和三十）八月八日、所沢局消印のはがき（ペン書）。宛先は東京都大田区南千束町（＊番地は省略。以下同様）山下千江様。発信元は所沢市仲町、茨木のり子。文面は以下のとおり。

［山下宛の茨木書簡　その一］（一九五五年八月八日）

きびしい暑さが続きましたが、おかわりございませんでしたか。

先日はＪＡＵＮＥ2号、御恵送いただき厚く御礼申上げます。〝青い女〟は連作なのでたのしみにもう少し拝見してから批評できたら……とおもっております。〝三人のマリイ〟はたのしいものでした。とても山下さんらしい才気にあふれていて特にマリイ・アントワネットのみかたに惹かれました。

『櫂』は資金難なので一季おくれて九月頃でる予定です。昨日今日はすこし涼しくなって八百やにぶどうや梨など出はじめて、私もなんとなくすきとおるように美しい詩をかいてみたい気がしています。同人の皆さまたちにどうぞよろしく。ではまた。

平仮名書きが多いが、原文のままとした。

先にふれた詩の同人雑誌『ＪＡＵＮＥ』のことが述べられている。この雑誌に茨木は関係していない。当時茨木は川崎洋と同人雑誌『櫂』をやっていた。詩学研究会に投稿していた川崎と『櫂』を創刊したのが一九五三年（昭和二十八）五月。『櫂』を解散するのは一九五七年（昭和三十二）十月であるが、茨木は第一〇号に詩劇「埴輪」を発表してから以後、『櫂』には作品を発表していない。

この手紙では「私もなんとなくすきとおるように美しい詩をかいてみたい気がしています」という言葉が印象に残る。

［山下宛の茨木書簡　その二］（一九五九年八月二十二日）

お葉書ありがとうございました。

暑さにめげずお元気の御様子、なによりです。

ところで、〝茨木さんは少しお世辞がうまくなった〟というのは、少し心外でした。いままでにも詩の評価におせじらしきものを取り入れたことはなかったと自分ではおもっているのですけれど……。

山下さんの詩の世界は、私にとって未知の部分が多いので、それに対して謙虚なものを私自身感じている昨今です。

ですからわかったものや美しいものに対してはさんたんの声を惜しみませんし、何かあるらしいのだが私にはわからない……という部分には今のところ沈黙を守って視《み》つめていたいと思うわけです。しかしいつかモーレツな攻撃に出るかもしれません。第二詩集を期待しております。「埴輪」批評は首を長くして待っているのですが、中々とどきません。山下さんのかくれみののきない批評をぜひお願いいたします。

「現代詩」の私の詩は少しワメキすぎました。語学ができると西欧の詩がよめていゝでしょうが私は語学がさっぱりで情けない次第です。

本当にいつか山下さんとゆっくり話をしたいと思います。山下さんの言われる〝命題〟を楽しみにしています。

私は最近、疲れぽくていけません。秋になったら元気をとりもどすことでしょう。

お元気で！

宛名及び住所、また、発信地も前回と同じ。

この手紙では、「山下さんの詩の世界は、私にとって未知の部分が多いので、それに対して謙虚なものを私自身感じている昨今です。ですからわかったものや美しいものに対してはさんたんの声を惜しみませんし、何かあるらしいのだが私にはわからない……という部分には今のところ沈黙を守って視《み》つめていたいと思うわけです。」という部分に注目する。

茨木は、正直である。山下千江の詩は、実はよくわからない。それを知ったかぶりをして、あれこれ言うのは自分を偽ることになる。だから、褒めもしないし、けなしもしない。この言葉は、山下の詩を読んだわたくしも同感である。ここでは、対象とする山下の詩は『見知らぬ人』『ものいわぬ人』所収の詩を含まない。山下千江の詩はこれ以後、母の介護や死をめぐって著しく変貌するのだが、この時点ではまだ意味不明であったり、読者には何のことか皆目わからない自分本位の詩が多かったりする。だから、茨木はそのことを暗に述べているのだ。

また、茨木は自分の詩「埴輪」について、批評が出ないことを気にしている。これは既に言及した詩誌『櫂』第一〇号に載った詩劇「埴輪」のことである。詩劇という表現方法がまずかったのかどうか定かでないが、茨木としては力を注いだ作品であった。「首を長くして待っているのですが、中々とどきません。山下さんのかくれみののきない批評をぜひお願いいたします」と期待しているが、これに山下が応じたかどうか定かでない。

「『現代詩』の私の詩は少しワメキすぎました」と述べているが、これはどの作品を指しているのだろうか。おそらく『現代詩』一九五九年（昭和三十四）七月号に発表された「女の子のマーチ」だと判断する。「男の子をいじめるのは好き　男の子をキイキイいわせるのは大好き今日も学校で二郎の頭を殴ってやった……」で始まる、威勢のいい詩である。サディズムではないが、男の子であるわたくしなどはこんな威勢のいい女の子がいたら殴られてみたいとまで思ってしまう。それくらい勇ましい、リズミカルな詩である。

だが、茨木のり子はこの詩を発表してから、「少しワメキすぎました」と述懐している。後悔や反省ではない。この時代、このような「女の子」発言をする必要性、必然性があったのである。今なら（二〇一七年の日本の社会でなら）、「男の子」がんばれという声が出るかもしれない。但し、いじめたり、キイキイいわせたり、頭を殴ったりするのはいけないが、男の子にはもっと元気で、活発になってもらいたい。

［山下宛の茨木書簡　その三］（一九七一年一月二十九日）

おもいがけずお母様の七回忌のお品、お送り頂き、恐縮しますやら、あわてますやら……。私は山下さんにお世話になりながら、きちんとしたこともいたしませず、ルーズなままにきてしまいました。折角のお志ゆえ、ありがたく頂戴することにいたします。

もう七回忌なのですね。

いろいろの思いの去来なさることをお察しいたします。

「鳥」も御恵送頂き、たのしく拝見いたしております。落ちついた、いい詩誌ですね。

いいお仕事を期待しております。

恐縮しつつ御礼迄。

山下千江の母が亡くなったのは一九六五年ごろだろうか。正確を期すために山下の詩集『ものいわぬ人』（思潮社　一九六七年十一月）の「あとがき」を見ると、次の記述がある。

母は昭和三十八年一月十三日午前十一時頃、掘ごたつから出ようとして倒れ、そのまま脳血栓の後の脳軟化症のため、すべての運動神経がマヒし、物も言えず、手足も不自由なままに病床にあって、昭和四十年一月十七日早暁、つまり満二年と四日目に亡くなりました。

母一人子一人の暮らしを続けてきた山下は、一九六五年（昭和四十）一月十七日、母を失った。それから六年後の一月、七回忌の法要を行ったのである。

山下が母を失ったとき、山下は四十七歳であるから、七回忌の時は五十三歳である。そして、このとき、山下は詩誌『鳥』を出していたが、それ以前の三回忌（昭和四十二年・一九六七年）のとき、詩集『見知らぬ人』『ものいわぬ人』（いずれも思潮社　一九六七年十一月）を刊行している。この二冊の詩集についての茨木の感想を知りたいが、それを示す手紙は今のところ、わたくしは未見である。先にも述べたように、山下千江は母の看病・介護・死の看取りなどの体験を経て詩風が大きく変化したが、その変化についての茨木の反応がわからないのは残念である。わたくしは、その体験を通して山下の詩風は良い方に大きく変化したとみているのだが。

それはともかく、茨木のこの手紙は例ならず、穏やかである。それは母の七回忌を迎えた先輩詩人へのいたわりの気持ちでいっぱいだったからである。

# 第七章　磯村英樹と

　ところで、二〇一〇年（平成二十二）十月に亡くなった詩人に磯村英樹がいる。磯村は初め俳句を作っていたが、後には詩を作るようになる。一九六三年（昭和三十八）、詩集『したたる太陽』（地球社　一九六三年）で室生犀星詩人賞を受ける。詩誌『歴程』同人。詩集は前掲のほかに『水の女』（アポロン社　一九七一年）『いちもんじせせり』（ポエトリーセンター　一九七九年）『朝奏楽』（飛天詩社　一九九二年）などがある。

　磯村は東京の生まれであるが、幼い時に両親を亡くした。それで父母の郷里である山口県に行き、下松《くだまつ》市の母の実家や父の本家で過ごした。県立下松工業を卒業。戦時中は満州やビルマに行き、一九四六年（昭和二十一）復員してからは詩人の道を歩んだ。

　調べてみると、磯村英樹は一九二二年（大正十一）の生まれである。埼玉県鴻巣出身の秋谷豊も一九二二年の生まれである。同じような戦争体験をしたのだ。秋谷の主宰する詩誌『地球』のパーティで、いつか会ったことがあるかもしれない。磯村の七十代の写真をインターネットで見ていたら、ふとそんなことを思った。確か、こんな顔の人を見かけた。なかなかの苦労人であったのだ。今であったら、こちらから声をかけてお話を伺ったのにと後悔する次第。

さて、茨木のり子が磯村英樹に宛てた書簡がある。茨木は一九二六年（大正十五）の生まれであるから、磯村は四年、上である。兄のいなかった茨木にとって、磯村は兄のような存在であったのだろうか。そんな余計な推測はやめて、早速、磯村宛茨木のり子書簡を見てみよう。

［磯村宛の茨木書簡　その一］（一九五九年六月三日）東京・田無局の消印
宛先＝川崎市木月大町（※以下、番地など省略）　磯村英樹様
発信人＝北多摩郡保谷町上保谷（※以下、番地など省略）　茨木のり子

お元気ですか。いつぞやはおハガキ、ありがとうございました。

もうすっかり川崎の住人におなりでしょう。

こちらは新緑の初々しさも去って、みどり濃くなりました。

『駱駝』拝見、「子守唄」おもしろかったのですが、二連目の「この国はもう戦《いく》さをしない、女のしあわせは約束されている」に少しひっかかりました。

こう言ってしまっていいのだという気持と、のんきすぎるという気持が半々で、この詩の

受けとり方が、私自身、整理のつかない思いです。「童話」はたのしく読みました。い、お仕事を祈ります。

この手紙、さすがだなあと思う。いっぺん、さっと読むだけで茨木のり子の手紙だと感じる。個性がはっきりと出ている。相手がいくら先輩詩人であれ、はっきりと物を言う。お世辞たらたらなんかではない。おもしろかったのですが、「少しひっかかりました」と言って、ひっかかった所を具体的に示している。あいまいに、おぼろげに指摘するのではない。

しかし、彼女はやはり、軍国体制下の少女だった。戦後生まれの少女ではない。だから、「少しひっかかりました」と言いつつ、「こう言ってしまっていいのだという気持と、のんきすぎるという気持が半々で、この詩の受けとり方が、私自身、整理のつかない思いです。」と補足する。

つまり、詩人磯村は戦時下の暗い空気を一掃する、そんな思いで「この国はもう戦《いく》さをしない、女のしあわせは約束されている」と宣言した。しかし、はたして、その宣言は確実に実行されるのかどうか、不安は消えない。特に「女のしあわせは……」と言い切ったところに、それは男の側からの言い分であり、女の側からの言い分を聞かなくていいんでしょうかという反論が生じる。詩「女の子のマーチ」で女の子への応援歌を紡ぎ出した茨木にとって、磯村詩の一言はカチンときた。

戦時下の暗い空気、男尊女卑の現実をよく知っているがゆえに、茨木は戸惑うのである。それは戦時下の暗い空気、男尊女卑の現実を全く知らない「戦無派」世代の男女が「女の子のマーチ」を喜ぶのとは、明らかに違う。この溝をどうやって埋めたらいいのだろうか。「戦無派」世代に属すわたくしも悩む。われわれは戦争を知らない子どもたちだと胸を張っていいのだが、戦時下の暗い空気、男尊女卑の現実をよく知っている人々の話にも耳を傾ける必要がある。

ちなみに、手紙文中の詩誌『駱駝《らくだ》』は、磯村の盟友磯永秀雄が山口県光市から出していた。

［磯村宛の茨木書簡　その二］（一九七五年六月二十三日）東京・田無局の消印
宛先＝世田谷区鎌田（＊以下、番地など省略）　磯村英樹様
発信人＝保谷市東伏見（＊以下、番地など省略）　茨木のり子

「水の葬サイ《(ママ)》」、しみじみと、また再読させて頂いております。詩を書く人間は想像力ゆたかでならねばならず、磯村さんのお哀《かな》しみもお察しできたつもりでおりましたけれど、夫との死別という現実に会い、磯村さんのお哀しみ、更に骨身にこたえ、想像力の限界と

いうもの、痛感させられます。

おそろしい打撃に出会って、それに耐えてようやく人間が深くなり、思いやりも増すとは、人間て、なんと鈍《どん》で、かなしい生きものでしょうか。とり残された哀しみよりも、逝った夫が哀れでならず、人に「あなたのは、子をなくした親の哀しみに似ている」と言われるしまつです。

「心やさしく純な魂は、早くこの世に見切りをつけるのかもしれません。」御詩集のあとがきの最終行（二行）が、この度《たび》とりわけこたえました。

いらして下《くだ》さったこと、うれしゅうございました。


これはまた、たいへんしみじみとした手紙である。茨木の夫三浦安信はこの年（一九七五年）五月二十二日、病気で亡くなった。五十六歳。茨木は四十八歳。夫は八歳年上の医師であった。

ところで三十一歳の茨木と夫の三浦とが丘の斜面で腰を下ろしている写真がある。二人とも下駄ばきである。茨木はスカートにカーディガン、三浦は和服で、二人ともカメラに向かって微笑んでいる。たくましい女丈夫の茨木は、ほっそりとした体型の三浦を守るかのようにして微笑んでいる。これは一九五三年（昭和二十八）五月、愛知県吉良吉田《きらよしだ》の吉田海岸で写されたものである。撮ったのはたぶん、茨木のり子の弟宮崎英一だろう。

夫三浦安信の弔問に訪れた磯村英樹への謝礼の辞を綴った手紙である。日本現代詩人会の役員代表として訪れたのか、個人として訪れたのか定かでない。しかし、磯村の詩集『水の女』（一九七一年刊）を引くなど、詩人らしい礼状である。

三浦安信の弔問に訪れた詩人は多かったと思うが、その中で特に注目したいのが、金子光晴である。金子は老骨に鞭打って保谷の三浦宅を訪れた。そのことの詳細は茨木が「最晩年の金子光晴」（『現代詩手帖』一九七五年九月号）でふれている。金子はこの年、六月三十日に他界した。七十九歳と六ケ月であった。

茨木のり子にとって一九七五年（昭和五十）は、かなしくて、寂しい年であった。

ところで、不思議なことがある。前に取り上げた詩人磯村英樹についてである。段ボール箱をあれこれ調べてみたら、詩誌『地球』のバックナンバーが何冊か出てきた。それらをパラパラとめくっていたら、『地球』の中に秋谷豊からのわたくし宛の葉書が入っていた。一九七五年（昭和五十）一月五日の消印（浦和局）がある。それは地球社の主催する現代詩講演会の案内であった。その中に討論会という企画があり、その出席者の中に磯村英樹の名があった。他の講演や詩の朗読といった企画に出た人たちの名前を見ていたら、この現代詩講演会にわたくしは出席したと思いだした。そして、会場の東京青山会館で、講演会後のパーティでも、わたくししは磯村英樹に会った。だが、彼と話をしたかどうかは覚えていない。

更に気になって『地球』のバックナンバーを見ていたら、その第五十八号（一九七四年八月）に「黒髪の蛇」第五十九号（一九七五年一月）に「木簡の恋文」という彼の詩を発見した。彼は何か情念的なもの、特に女性の情念的なもの、それこそ蛇のような執念深い情念、多少どす黒い感じがするが、そのようなものを描き出すのが特徴だとわたくしは判断した。しかも、それを女性ではなく、男性である磯村が描出するのだから驚く。そして、何だか後ろ髪惹かれるように、忘れられない作品となる。しかし、正直なところ、こういう作品はわたくしの好みではない。それにしても、忘れられない作品である。

磯村英樹の「木簡の恋文」は次のとおり。

むかし　紙は貴重品だったから
杉や桧《ひのき》の柾目《まさめ》の材を薄く割り
平らになるまで磨《みが》いて字を書いた

本という字は木に一本横糸を通した形
冊という字も木ぎれを糸で綴《と》じた形

英語の book は beech（ブナの木）と同語源
本は　本来　木で作られるものであった

ブナの板に
釘《くぎ》で引っ掻《か》いて文字を書いたので
英語の write の語源は「引っ掻く」
日本語の「書く」も
墨や筆をもたぬ庶民が尖《とが》った石などで
板を引っ「掻く」に創《はじ》まったか

藤原京跡　平城京跡　浜松の伊場遺跡
小田原の下曽我遺跡　秋田城などから
木に書いた手紙「木簡」の出土数万点
公文や経文にまじって　その中に
やさしい恋文もあったという

長い前置きだと思うが、第四連に来て、ようやく先が見える。この詩人は蛇のようにのたくりのたくりしながら、徐々に核心へと迫っていくタイプである。息の長い詩人である。この後、まだまだ長い連が続く。ここまでで、全体の半分くらい。

詩の題が「木簡の恋文」なのだから、恋文の語の出てくるのが待ち遠しかった。しかし、それは詩人の戦略だったともいえる。読者をじらしじらしして、引っ張っていくのだから。

ともかく、「やさしい恋文もあったという」、この言葉に出会って、読者はほっと溜息をつく。

さて、この後、詩の言葉はどのように続いていくのだろうか。

女は木簡の恋文を経文の間に隠し
くりかえし読んで胸に刻んだか
手弱女《たおやめ》の手に余る溜《たま》った板の文殻《ふみがら》を
よいしょと庭へ抱《かか》え出して
落葉と共に焚《た》きすてたか
そのとき
めらめら燃え立つ木簡の怨《うら》みの炎の舌は
振仰《ふりさ》けてみる若月《みかづき》の

怜悧《れいり》な眉を一瞬刷《は》いて舐《な》めとったか

最終連のこれらの詩句を読むと、女の情念の深さ（執拗さ）より、むしろ、恋文を書いた男の情念の執拗さが浮かんでくる。

それなら、バランスを取って、女の情念の深さ（執拗さ）をうたった「黒髪の蛇」を見てみよう。

男はいつも　別れがたい女と
よんどころない別れをしなければならなかった

旅を栖《すみか》とする男にとって　現実の女は
求めつづける〈永遠の女〉の幻影であり
別れのくりかえしこそが常住の相《すがた》であったが
男は気付かず
いつの場合も別れを深くかなしんだ

黙って発《た》った男に追いすがるように
ひとにぎりの黒髪が送りとどけられた
男は　女の黒髪の長さに
その夢のたけをはかれると信じていた
滝のように光りなだれながら
女の肩にはじけ腰にはじけて下肢《かし》にいたり
なお流れてやまぬ黒髪を男はおもいおこした

死後もしばらく屍体《したい》から延びつづけるという黒髪は
断ち切られてもいのちを持つものか
手にとって灯《あか》りに翳《かざ》せば
指に梳《す》いた夜々《よよ》のままにいきいきと息づき
男にすがる瞳の色に濡《ぬ》れかがやいた

演歌風の情景が目に浮ぶ。高倉健主演のやくざ映画に出てくるような男と女。男のダンディズムかもしれない。続きを見てみよう。

女をひたすらやさしいものと信じる
男は知るはずもなかった
黙って発《た》ったあと
直情の黒髪が天を衝《つ》いて逆立《さかだ》ったことを！
慄《ふる》える女の手に断《た》ち切られるとき
身悶《みもだ》え拒《こば》んでぎしぎし歯軋《はぎし》り泣いたことを！

その夜　男が眠りに落ちてから
ぬばたまの闇にのたうち甦《よみがえ》り
噴水のように光り逆立った黒髪の蛇は
男の首をきりきり巻いて締め上げ息の根を止めた
息を引き取る間際《まぎわ》に男は見た
ゆらめく黒髪の藻草《もぐさ》に双乳《そうにゅう》をおおい陰《ほと》をおおい
泡立《あわだ》つ海に裸形《らぎょう》であらわれた
〈永遠の女〉の眩《まぶ》しい姿を！

ここまで読んでくると、〈永遠の女〉である黒髪の蛇に陶酔し、憧憬している、そんな男の姿が浮かんでくる。わたくしは初め、この詩は演歌風だとか、やくざ映画のようだとか述べたが、終りまで読むと、泉鏡花の小説に出てくる「蛇に変身する女」を想起した。女の本質を剔抉した詩だ。読んでいてわたくしには快い感じはしないが、これはこれで一つの個性を持った詩である。

わたくしの抱いていた詩の世界を広げてくれたことに感謝する。

# 第八章　朝鮮半島への関心

ところで、茨木のり子が韓国及び韓国語（朝鮮語）に関心を持っていたことは有名である。後藤正治の著書『清冽　詩人茨木のり子の肖像』（中央公論社　二〇一〇年十一月）には、次の記述がある。

若き日から古代史に興味があって、日本文化のルーツともいうべき朝鮮半島にはずっと関心を寄せてきた。さらにさかのぼれば、山形の祖母、「沼のばばさま」は骨董《こっとう》好きであり、茨木の少女時代、半島の古い陶磁器に接することがあった。金素雲《キムソウン》の『朝鮮民謡選』（岩波文庫）は愛読書の一冊であった（注1）。

このような前史があり、夫・三浦安信の死から一年後（一九七六年四月）、茨木は朝日カルチャーセンターの語学講座「朝鮮語」に通い始める。それから、朝鮮語の講師・金裕鴻《キムユホン》から韓国のことわざ、韓国の風習、人々の生活模様などを教わる。キム・ユホンは韓国と日本との生活習慣の違いなどを興味深く伝えた。韓国と日本に関する歴史は単純でないし、友好関係ばかりではない。暗くて陰湿な面もあった。しかし、それは国の施政者（政治家）や上層富裕階層の人がかかわった部分が多く、下層の庶民がどうこうするというものではなかった。

だが、実態として日本では、上層富裕階層のみならず、一般庶民の多くが韓国的なものを嫌悪し、軽蔑した。そうした風潮が、ようやく、近年、韓国の食や映画に対する文化的な関心から払拭されつつある。それにしてもマスメディア（テレビや新聞など）が時折、韓国と日本の過去の歴史的関係を想起させると、日本では再び、韓国的なものを嫌悪し軽蔑する空気が広がっていく。例えば、竹島の領土問題や、慰安婦少女像設置の問題などにおいて。

そのような状況の下、「民際交流」という言葉があるように、庶民一人一人が個人的に交流する「付き合い」は友好的に育っていく。「草の根」的な交流と呼べるかもしれない、このような交流を無視してはならない。茨木のり子が始めた韓国及び韓国の人との交流も、そのようなものであった。

朝日カルチャーセンターの語学講座を終えてからも、茨木はキム・ユホンから学び続けた。朝鮮語の不明な点を手紙で問い合わせたりした。そして、二〇〇四年（平成十六）、キム・ユホンとの対談『言葉が通じてこそ、友だちになれる』（筑摩書房）を刊行する。

茨木のり子が亡くなったのは、その二年後（二〇〇六年）であるから、生きている間に出した最後の本がこの『言葉が通じてこそ、友だちになれる』である。この本の題名が意味深い。そして、この本をラストとして自身の生涯を閉じたというのも、意味深い。

茨木のり子の晩年が朝鮮語の学習に没頭し、韓国の人々と大いに交流し、その人たちの心の中に溶け込むかのようにして参入していったのは、どのような心意であったのか。

それは、俗に言う「異文化交流」などというお題目や、甘っちょろいヒューマニズムとは異質のものである。半島の南と北とに分断された祖国への思い、キリスト教者の信仰の心、政治的権力への怒りと反抗、人生における孤独や別離、恋愛の喜びと悲しみ、それらを韓国の人々の詩を通して茨木は知ろうとした。中には日本人である茨木と同質の思いを抱かせる詩もあったが、半島の南と北とに分断された祖国への思い、キリスト教者の信仰の心、政治的権力への怒りと反抗などを綴った詩には、茨木の経験や想像を超えるものが多くあった。それゆえ、茨木は自身の想像力と、カルチャーセンターで得た語学力を駆使して、それらの「思い」や「心」や「怒りと反抗」に近づこうとした。

韓国の現代詩を日本語に翻訳して刊行した『韓国現代詩選』（花神社　一九九〇年十一月）の「あとがき」で茨木は、次のように記している。

訳す過程で、ハングルにはハングルの豊かさがあり、日本語には日本語の豊かさがあると痛感させられた。あたりまえのはなしだが、実際の作業のなかで、しみじみと具体的に感じさせられたのが私にとって一番の収穫であったかもしれない（注2）。

ここで茨木は、「ハングルにはハングルの豊かさがあり、日本語には日本語の豊かさがあると痛感させられた」と述べている。異文化理解の行きつくところは、まさにこのような地点（立ち位置）である。ハングルを通して韓国の文化や歴史、庶民の願いや思いに近づいたわけだが、自分は韓国の人になるわけではない。自分の自己存立基盤（アイデンティティ）は日本語、日本文化にある。

つまり、茨木は韓国現代詩を日本語に翻訳する作業を通して、異文化理解の体験をしたわけである。そして、これは実に得難い、有意義な体験であった。

しかし、そのような茨木にもエリート的な部分が、ほのかに見える。つまり、自身は庶民的であるといいつつも、彼女の無意識の部分でエリート的な部分が、ちらちらと見える。それは前掲の「あとがき」に続く、次の文章である。

いい詩は、その言語を使って生きる民族の、感情・理性のもっとも良きものの結晶化であり、核なのだと改めて思う。
奥深いところで、深沈と息づく天然の大粒真珠のようなもの（注3）。

こうした物言いは選良者の言葉として致し方ないのかもしれないが、それにしても常民のたどたどしい言葉遣いや、稚拙な表現の中にこもる「民衆の思いや願い」をくみ上げる発想とは異なる。

韓国現代詩選というタイトルのとおり、選集であるから、選抜するのは当然であるが、もう少し柔軟な視点で選ぶということがあってもよかったのではないかと思う。

それにしても、茨木は異国の現代詩を見て、感動のあまり、つい、このような物言いになったのだと思う。「奥深いところで、深沈と息づく天然の大粒真珠のようなもの」という比喩は、確かに言い得て妙であるが、褒め過ぎという感じがしないわけでもない。わたくしとしては、韓国のエリートの「選ばれた詩」より、無名者のつぶやきのような、「技巧的に拙い詩」の方に関心がある。

しなやかに洗練されたフランスの絹
そんなものよりは

我が国の屑繭《くずまゆ》からつくる素朴な紬《つむぎ》があるじゃない
その柔かさ　その勁《つよ》さ
そんなふうに書きなさいよ
あまりにも繊細できれいで
完璧な作品がなんでそんなにいい
ちょっと足りなくて欠けたるところのある作品のほうがいいのです
紬のことはよく知らないけれど
私のまだ幼かった頃
母上がかんかん照りの真夏の陽ざしに
いっしょうけんめい綿花を育てて
長い長い夜　糸車をまわしまわし機《はた》に坐って
みずから織られた木綿布《ムミョンペ》
着物にしたてて着せてくれた
ぶつぶつ糸目のきわだった
えもいわれぬ風合《ふうあい》の木綿布《ムミョンペ》
その肌ざわり　忘れられないその感触

そんな作品でありたいけれど　どっこい
そうは問屋《とんや》がおろさないのです

崔華國《チエファグク》の詩「作品考」である。茨木のり子の『韓国現代詩選』に載っている。五十年ほど在日韓国人として暮らしてきた人であり、日本語による詩集も多い。わたくしは直接に話したことはないが、何かの詩人の集まりで彼の話を聞いたことがある。秋谷豊の『地球』か、土橋治重の『風』だったと思う。その詩人たちの集会でチエ・ファグクがマイクを持って短いスピーチをした。白髪で眼鏡をかけた、人のよさそうな紳士だった。たどたどしい日本語だったが、その温顔は印象に残っている。たぶん、H氏賞か何かを受賞した直後だったかと思う。

そんな次第で、チエ・ファグクは、H氏賞受賞以前から日本ではよく知られた詩人であった。茨木は『韓国現代詩選』でチエ・ファグクの作品を採録するにあたり、日本では知られていない作品を探し求めた。ここが編集採録者としての茨木の誠実さである。そして、彼の第一詩集『ユンへ　エ　ガン』から採った。ユンへは輪廻の意味で、ガンは江で「大きな川」を意味する。詩集『ユンへ　エ　ガン』はずいぶん昔にソウルで出版され、未だ日本語に訳されていなかった。日本語に訳されていない詩集なら取り上げる価値がある。しかも、日本ではある程度知られている詩人の初期作品である。研究的にも価値がある。

『韓国現代詩選』収録のチエ・ファグクの詩は「作品考」のほかに、「喧嘩酒」など計四篇。中でも茨木の印象に強く残るのは、「作品考」と「喧嘩酒」であった。「喧嘩酒」は活力のある詩で、「この詩はなんといきいきとこちらのハートに響いてくることだろう」と茨木自身が述べている。ただ、詩のタイトルの訳で困ったようである。原語通りに訳すと「喧嘩取り」や「喧嘩屋」になる。困った挙句、詩の中身を汲み取って「喧嘩酒」にした。こうした翻訳する上での悩みは、翻訳を日常の仕事にしている者には何も珍しい体験ではない。しかし、翻訳など試みたことがなかった茨木にとって、新鮮にして、かつ貴重な体験であった。

「作品考」で茨木は、「完璧な作品がなんでそんなにいい　ちょっと足りなくて欠けたるところのある作品のほうがいいのです」の部分に注目した。この部分に関する茨木のコメントは次のとおりである。

これは韓国・朝鮮の美術のなかに連綿と流れてきた美学そのもので、利休を持ち出すまでもなく、日本人はその鑑賞者としては第一級であった（注4）。

確かに、そのとおりだと納得する。だが、わたくしがもっと共感するのは茨木の次の言葉である。

だが創る側となると、へんに完璧主義者となってしまうのだった。（中略）評論などはこれでもか、これでもかという執拗さがあって辟易させられる（注5）。

鑑賞と評論の違いである。茨木は、評論というジャンルにはなじまないのであろう。もちろん、エッセイなどには味わい深いものを書いているが、評論という「これでもか、これでもかという執拗さ」で迫る論述の展開は性格に合わないと自身の資質を測定していたともいえる。

世の中には二足の草鞋どころか、三足も四足もの草鞋を履いて活躍する「マルチ・タレント」的な人もいるが、茨木は自分の才能をしっかりとわきまえていた。この辺も茨木らしいところだといえる。

ところで、チエ・ファグクの詩「作品考」であるが、わたくしは茨木と違ったところに着目した。それは次の箇所。

紬《つむぎ》のことはよく知らないけれど
私のまだ幼かった頃

母上がかんかん照りの真夏の陽ざしに
いっしょうけんめい綿花を育てて
長い長い夜　糸車をまわしまわし機《はた》に坐って
みずから織られた木綿布《ムミョンペ》
着物にしたてて着せてくれた
ぶつぶつ糸目のきわだった
えもいわれぬ風合《ふうあい》の木綿布《ムミョンペ》
その肌ざわり　忘れられないその感触

これは詩人がまだ小さかった頃の、韓国での思い出である。詩人はしばし思い出にふけり、やや感傷的になる。だが、その後、激しい一撃が来る。

そんな作品でありたいけれど　どっこい
そうは問屋《とんや》がおろさないのです

この終りの二行は、甘美な夢に酔っていた詩人を崖から谷へ突き落す。

確かに甘美な夢を綴った詩はセンチメンタルで情緒的である。しかし、この甘美な夢は、果たして単なる「過去への追憶」だけであろうか。そのように括ってしまうには惜しい抒情がある。

母上がかんかん照りの真夏の陽ざしに
いっしょうけんめい綿花を育てて
長い長い夜　糸車をまわしまわし機《はた》に坐って
みずから織られた木綿布《ムミョンペ》

ここには、庶民のひたむきな労働の姿が刻印されている。これを黙過してはならない。今となっては遠い過去の風景であり、それは韓国のみならず、日本の過去の農村風景でもある。しかし、この風景をもはや過去のものだからと言って、封印したり、消去したりすることは、わたくしにはできない。センチメンタルな懐かしさだけで残そうというのではない。歴史の一断面、貴重な過去の一写真、そのような意味合いで脳裏に刻みつけておきたい。
この詩には韓国的でありながら、かつ、日本的な風景が点綴されている。

注

（1）後藤正治『清冽　詩人茨木のり子の肖像』（中央公論社　二〇一〇年十一月）二〇二―二〇三ページ。
（2）茨木のり子編『韓国現代詩選』（花神社　一九九〇年十一月）「あとがき」。
（3）前出（2）に同じ。
（4）前出（2）に同じ。
（5）前出（2）に同じ。

付記

『韓国現代詩選』に載っている崔華國の詩に不満はないが、この本には無名者のつぶやきのような詩をもっと多く載せてほしかった。それがわたくしのささやかな不満である。

# 第九章　奥武蔵を歩く

茨木のり子の詩集『見えない配達夫』（飯塚書店　一九五八年十一月）に「奥武蔵にて」と総題する小詩篇群がある。その中身は「高麗村《こま》」「顔振峠《かおふり》」「ぐみの木」と題する三篇で、しかも、その後にまとめのような無題詩が一篇続いている。したがって、これらは計四篇の詩と言える。これらはわたくしにとって大変興味深い詩篇であるので、以下掲げる。

〈第一〉　高麗村

栗《くり》の花のふさふさ垂《た》れる道
むかしの高句麗《こうくり》の王が亡命して住んだ村
瓦を焼き野をひらき

ついにふるさとに帰れなかったひと
今も屋根のそりにふるさとの名残《なご》りを
とどめる子孫

〈第二〉　顔振峠

美しい風景にみとれて
顔をふりふり落ちのびていった
義経《よしつね》のためにこの名がついている峠
伝説をそのままやさしく抱きとって
秩父連山を眺める
山腹に風影《ふかげ》というひとかたまりの部落

〈第三〉　ぐみの木

おっぺ川岸のぐみの木

官軍を迎えてちりぢりに敗れ
傷ついた参謀のひとりは自刃《じじん》の場所を
この木の下に選ぶ
ぐみはまだ実もつけず
川面《かわも》に少し　かしいでいる

〈第四〉　＊無題詩

せせらぎの音にまじり
林を抜ける風にまじり
とある日
きこえたりする
あの話し声はなに？
なつかしい　しわぶきのようなもの
きれぎれな　内緒《ないしょ》ばなしのようなもの
あれは　祖父達の果《はた》されなかった夢？

あれは　祖母達の風化された秘め事？
踏みなれた
ひょろひょろ橋を渡りながら
いくつかの魂が　ふと
兎のような聴耳《ききみみ》をたてる

これらの詩篇を読むと、茨木のり子が夫・三浦安信と共に埼玉県の高麗や秩父を歩いている姿が浮かんでくる。二人ともハイキング用の服を着て、背中には軽いリュックを負っている。それほど高くない高原や山をのんびりと歩いている。そんな姿が浮かんでくる。そして、茨木はふと、昔の高麗人や、源義経や、（江戸時代の終りに）官軍と戦った幕府軍の参謀などの身の上に、思いを馳せる。詩人がこうした過去の人や廃墟に思いを馳せるのは一種のロマンチシズムであるが、わたくしは異国の詩人でかつ、作家でもあったスコットのことを想起する。スコットは『湖上の美人』や『アイヴァンホー』で知られるが、その文学的資質は過去の人や廃墟に深く思いを馳せる点にあった。茨木のり子にも、こうしたスコットにつながる面があり、「りゅうりぇんれんの物語」のような壮大な叙事詩を書いたのである。

ところで、昔の高麗人のことについて若干、補記しておく。続《しょく》日本紀の記録によると、元正天皇の時代、霊亀二年（七一六）、駿河《するが》・甲斐《かい》・常陸《ひたち》・下野《しもつけ》など七国に分散して住んでいた高麗人一七九〇余人が武蔵野の一画に土地を賜り移住したという。その王が若光《じゃっこう》で、すぐれた指導者であったという。彼らは異国の地で剣や矛《ほこ》の代わりに農具を取り、茫々たる野原を開墾した。茨木のり子は高麗人がふるさと朝鮮に帰れなかったことを悔やんでいたように解釈しているが、わたくしは、彼らの望む国家の回復がふるさと朝鮮においてもはや不可能と知った上での亡命であったのだから、彼らは悔やんではいなかったと解釈している。そして、彼らは新天地でいそいそと開墾に従事し、かつ、自分たちの得意とする技《わざ》や文化を残した。だが、それにしても異国で暮らす寂しさや望郷の念は、消えることがなかっただろう。

茨木は詩「ぎらりと光るダイヤのような日」（詩集『見えない配達夫』所収）で次のようにいう。

〈本当に生きた日〉は人によって
たしかに違う
ぎらりと光るダイヤのような日は
銃殺の朝であったり
アトリエの夜であったり
果樹園のまひるであったり

未明のスクラムであったりするのだ

埼玉県の高麗や秩父、これらは一括して武蔵野の台地と呼べるかもしれない。そこを歩きながら詩人は、「果樹園のまひる」のみならず、「銃殺の朝」や「未明のスクラム」のことを考えていたのである。

# 第十章　民話集『おとらぎつね』を書く

茨木のり子は民話集『おとらぎつね』（さ・え・ら書房　一九六九年五月）という子ども向きの本を書いている。また、同じさ・え・ら書房から伝記『うたの心に生きた人々』（一九六七年十一月）も出している。詩人が子ども向き乃至青少年向きに本を出す場合、そのほとんどが詩の作り方或いは詩の解説であるが、茨木の場合、『うたの心に生きた人々』は与謝野晶子、高村光太郎、山之口獏、金子光晴といった歌人・詩人を取り上げた伝記である。また、『おとらぎつね』は表題となっている「おとらぎつね」をはじめとした「さくらばば」「親思いの子ぎつね」など愛知県の民話を計十二、収録している。なぜ愛知県なのかというと、それは本の「まえがき」で述べているように、茨木が子どもの頃、愛知県で育ったからだ。

『うたの心に生きた人々』は、日本の「うた」（つまり、ここでは短歌や詩ということになる）にかかわった文学者四人を取り上げている。この人選が、茨木のり子らしい。個性的な選択である。一般的によくあるような、詩史的な変遷をたどろうとするものではない。

『おとらぎつね』の仕事は、やはり、木下順二などの仕事につながる民話への関心からである。民話を通して庶民の心（喜怒哀楽）を知る、いや、庶民の心に共振したいという願いから手がけたものである。

両方とも取り上げたいが、紙幅の関係もあり、ここでは民話集『おとらぎつね』を取り上げる。

民話集『おとらぎつね』所収の一篇「おとらぎつね」の書き出しは次のとおり。

むかし、長篠《ながしの》の里に、おとらぎつねとよばれる、古《ふる》ぎつねが一ぴき、すみついておりました。めっぽう気がつよく、あばれんぼうの女《め》ぎつねで、ひとにのりうつったり、ひとをばかしたり、やりたいほうだいでしたから、村のひとたちは、大よわりでした。

ここまで読んでくると、わたくしは茨木の詩「女の子のマーチ」（『鎮魂歌』所収）の冒頭の三行、「男の子をいじめるのは好き　男の子をキイキイいわせるのは大好き　今日も学校で二郎の頭を殴ってやった」を想起する。そして、おとらぎつねに徐々に変身していく自分がいる。

おとらぎつねが、ひとの口をかりてかたったことばによると、おとらは、子ぎつねのころから長篠城にかわれていた、毛なみのいい、きつねだったのです。きつねは、おいなりさんのおつかいとしんじられていましたから、長篠城のかたすみにまつられていた、おいなりさんのそばで、おとらはたいせつにされてそだちました。

そんなおとらが、どうしてわるさばかりするようになったのか、わけをさぐってみましょう。（※圏点は原文のまま）

こんなイントロダクションではじまる「おとらぎつね」は、どんどん先が読みたくなる。おとらぎつねが行ったいたずらは数知れない。それは事細かく記されているが、ここでは省略する。おとらは最後には長野の川中島まで行って、鉄砲の流れ弾に当たって死んでしまう。そして、長篠の村人たちは、おとらの孫だというきつねから、おとらの死んだ話を聞く。

このはなしをきくと、長篠の村のひとたちは、「やれやれ……」と思いました。ホッとしたと同時に、なんだか、さびしくもありました。

「おとらのやろうにゃ、きりきりまいをさせられて、しゃくな女《め》ぎつねだったが、わしらを、ずいぶん、わらわせてもくれたわのう。」

「もともと、長篠のきつねだもの、長篠で死にゃあよかったに、川中島くんだりまででかけてよ、へたなりょうしのそれだまにあたって死ぬなんざ、あわれなやつよのう。」

村びとたちはしんみりし、だれいうとなくはなしがきまって、小さなほこらをたてて、おとらぎつねをとむらってやりました。

おとらのまごというきつねは、それからもちょいちょいいたずらしましたが、なんだかこぢんまりとしたわるさで、おとらのような大きなことは、なにひとつできなかったということです。（※圏点は原文のまま）

このようにして「おとらぎつね」の話は閉じられる。これは愛知県南設楽《みなみしたら》郡に伝わる民話だという。話の中には織田信長、豊臣秀吉、徳川家康、武田勝頼など、名前のよく知られた武将が登場する。他に、作助《さくすけ》じいさん、くすり売り、けちだんな、作助じいさんのむすこなどの庶民が登場する。戦乱の激しさや庶民ののどかな暮らしを傍観しつつも、ついに、人間世界の中に入り込んで悪さをしたり、よいことをしたりしながら、果ては鉄砲の流れ弾に当たって死んでしまうおとら。

このいたずらキツネの一生は、人間の一生の相似形である。だから、村の人々はおとらの死を聞いて、ホッとすると同時に、また、ある寂しさを感じるのである。村の人々から、ある時は警戒されつつも、どことなく親しみを持たれたおとら。彼女の魅力は、いったい、何だったのか。そんな問いを読者に迫る物語である。

# 第十一章　童話「くだもののふるさと　みかん」

茨木のり子の短篇童話に「くだもののふるさと　みかん」がある。雑誌『プッペ』第二号（一九六〇年十一月）に載ったものである。冒頭は次のように始まる。

みかんのふるさとは、あたたかい南の国です。みかんの木は、さむがりんぼうなので、南の陽《ひ》がいっぱいにさす山ふところの、だんだん畠《ばたけ》でないと、実をつけてやらないと言っています。

この文を読むとわたくしは、次の文を思い浮かべる。

「これはレモンのにおいですか。」
ほりばたで乗せたお客のしんしが、話しかけました。

「いいえ、夏みかんですよ。」

信号が赤なので、ブレーキをかけてから、運転手の松井さんは、にこにこして答えました。

あまんきみこ作の童話「白いぼうし」の冒頭である。運転手の松井さんのタクシーに乗った「お客のしんし」がまず感じたのは、夏みかんの「におい」である。

車中での二人の会話は、次のとおり。

「ほう、夏みかんてのは、こんなににおうものですか。」

「もぎたてなのです。きのう、いなかのおふくろが、速達で送ってくれました。においまでわたしにとどけたかったのでしょう。」

「ほう、ほう。」

「あまりうれしかったので、いちばん大きいのを、この車にのせてきたのですよ。」

松井さんの「においまでわたしにとどけたかったのでしょう。」という言葉は、いかにも作者の作為を感じさせるが、それにしてもこうした「みかん」と「におい」とのつながりは、古来、日本ではよく用いられてきた趣向である。

茨木の作品「くだもののふるさと　みかん」では、次のように記されている。

五月、あたたかい海からの南風に誘われるように、みかんの木はいっせいに白い花をいっぱいひらきます。その匂いのいいことといったら……蜂など夢中になってもぐりこんでいきます。その頃の蜂蜜は、みかんの花の匂いでいっぱいです。

これは夏みかんと異なり、ごく普通のみかんだから、五月に花を開き、実がなって収穫できるのは十月か、十一月の初め頃である。そして、茨木もあまんと同様、みかんの匂いに注目している。もちろん、花の匂いと、実の匂いとの違いはあるが、いずれにしてもみかんの放出する「匂い」であることに変わりない。

ちいさな「みかんの実」が秋の日、だんだん大きくなっていく様子を茨木は、次のように伝えている。

太陽のひかりを、キャッチボールのように受けとめて、まあるく、オレンジ色の濃さをましていくのです。

この文を読むと、また、あまんの「白いぼうし」を想起する。幼稚園の子ども「たけの　たけお」くんが置いていった白いぼうしを何気なく拾い上げた松井さんの目の前を、モンシロチョウが飛び出して、並木の向こうへ行ってしまう。

「せっかくのえものがいなくなっていたら、この子は、どんなにがっかりするだろう。」

優しい心根の松井さんは悩んでしまう。

そこで、松井さんはふと思いつく。この思いつくところが肝心であり、悩んだところから急転する。この変わり目になるのがみかん。あの夏みかんなのである。

ちょっとの間、かたをすぼめてつっ立っていた松井さんは、何を思いついたのか、急いで車にもどりました。

運転席から取り出したのは、あの夏みかんです。まるで、あたたかい日の光をそのままそめつけたような、見事《みごと》な色でした。すっぱい、いいにおいが、風で辺《あた》りに広がりました。

「まるで、あたたかい日の光をそのままそめつけたような」と「太陽のひかりを、キャッチボールのように受けとめて、まあるく、オレンジ色の濃さをましていく」とは、まるできょうだいのように響き合っている。両者ともそれぞれに素晴らしい表現であるが、太陽のひかりとみかんの実とのつながりに注目しているのが共通している。

さて、茨木の作品「くだもののふるさと　みかん」の後半は、日本にみかんの苗木を異国から持ち運んだタジマモリという男の話である。以下、引用する。

むかしむかしの話です。奈良の南に、イクメノミコトという人が住んでいました。そのあたりを治めていて、たいていの願いはかなう、大金持でありましたが、ある日のこと家来のタジマモリを呼んで、

「おれは話にきくばかりの、みかんというものを食べてみたい。長生きの薬で、色も形も美しく、珠《たま》のようなものだそうだ。お前、探してまいれ。」

家来のタジマモリは困ってしまいました。そんなものは見たことも聞いたこともなく、どこへ行ったら手に入るかもわかりません。

主人は「探してまいれ。」というばかりです。

タジマモリは仕方なく海を渡って、朝鮮、中国のあたりまで、うろうろと探して歩きました。やせこけて、髪に白いものもまじってきましたが、十年もうろついて、やっと中国の南で、みかんの苗木を手に入れることができました。

喜びいさんで帰ってきてみると、主人のイクメノミコトは、とっくに死んでしまってい

ました。

長い旅でした。

ほめてくれる人もいません。何だか、ばからしいやら、悲しいやら、長い間の言うに言われぬ苦しさが、どっと胸にせまってきて、タジマモリはおいおい男泣きに泣いて、泣き死んでしまいました。

皆はタジマモリをあわれに思って、イクメノミコトの大きな墓の、お濠《ほり》のなかに、また小さな土《ど》まんじゅうのような墓を築き、いっしょにほうむってやりました。


イクメノミコトという主人に仕えた家来タジマモリの哀話である。みかんの木が、このようにして日本に伝わったのかと思うと、われわれはその先人の苦労に手を合わせたくなる。しかも、それは、今では何の苦労もなくやすやすと往来できる中国や韓国を経由して伝わったのである。だが、昔は遣隋使や遣唐使が往来した。飛行機ではなく、船による苦難の旅である。そう思うと、遭難などの身の危険や、日数のずいぶんかかる旅であった。今のわたくしなどの想像をはるかに超える旅であった。

タジマモリの話を茨木は、次のように締めくくる。

タジマモリの持ってきたみかんの苗木は根をおろして、大昔の日本人も、やっと、みかんとはどういう木の実か、食べてみることができたということです。

先人の苦労は、もちろんのこと、このような昔の庶民の生きざまに茨木は強い関心を持ち続けた。

ところで前掲『おとらぎつね』末尾の文「おかあさまがたへ」で、茨木は次のように述べている。

（前略）民話のなかの一人物と対座しているような気分になってきました。

これは直接的には、茨木が愛知県の西尾に実相寺《じっそうじ》という寺を訪ねた時、その寺の和尚さまと話をしたときに感じたものであるが、茨木は民話の取材のみならず、こうした民話をもとに話を執筆しているとき、民話のなかの一人物と対座しているような気分になってしまったと判断する。そして、いつの間にか、興が乗り移って、例えば自分がタジマモリになったりした。

前掲の話「おとらぎつね」について茨木は、次のように述べている。

「おとらぎつね」は、もとは数行のかんたんな話ですが、書いているうちにおもしろくなって、どんどんふくらんでしまい、おとらにのりうつられたか……と思うほどで、創作的な部分も、かなりあります。（※圏点は原文のまま）

民話に茨木が引かれる理由は、いろいろと考えられるが、その一つに民話には「名もない人々の、底光りするような知恵」が秘められているからというのがある。しかし、民話には知恵ばかりではない、心も秘められている。その心は、「慈悲の心」である。

「慈悲の心」について、更に言うと、それは「人に対してばかりでなく、山川草木、鳥獣にいたるまで」及んでいると茨木は言う。

先の話「くだもののふるさと　みかん」の後半で、タジマモリのことを取り上げたが、タジマモリは「慈悲の心」をもって、みかんの木に対していたと思う。だから、いくら辛いことや危険な目にあっても、みかんの木を持ち帰ることをあきらめなかったのである。主人の命令というだけで、これほど苦労しながら、しかも、異国からみかんの木を持ち帰ることはできなかっただろう。したがって、このタジマモリの話は悲劇でない。もちろん、艱難辛苦の末に得た、「宝物」ともいうべきみかんの木を主人に見せられなかったのは残念である。しかし、タジマモリはただ、主人を喜ばせるだけで、みかんの木を探し、それを持ち帰っただけではあるまい。

最初は主人の命令通りに従い、主人を喜ばせ、満足させようと思った。しかし、朝鮮、中国と旅を続け、やっとみかんの木を探し求めた時、彼の心には主人を喜ばせようという気持だけではなかった。彼の心には、また、新たな感動の心が生まれていた。それは、みかんという未だ見たこともない木のすばらしさだった。タジマモリは初めて見るみかんの木と、その実に魅せられてしまった。

こうして彼はこの感動を胸に日本への帰途についた。しかし、残念なことに、主人のイクメノミコトは既に亡くなっていた。今なら携帯電話や何かですぐに連絡の取れることだが、昔も昔、ずいぶん過去のことであるため、通信手段がない。また、船の旅は安全でないし、異国との行き来はそれほど頻繁でなかった。そのような時代の出来事である。

このように解すると、タジマモリの一生は悲劇ではない。みかんという得難い木を持ち帰ったのだから、それなりに充実した一生であった。ただ、それを主人に見せることができなかったのは残念であった。しかし、タジマモリが外国から持ち帰ったみかんの木は日本に根付いて、たくさんの花を咲かせ、たくさんの実をつけた。

# 第十二章　民話「海のむこうの火事をけした」

民話集『おとらぎつね』の中に「海のむこうの火事をけした」という話がある。これは前に少し述べた愛知県西尾の実相寺の二代目和尚、鷹通禅師《おうつうぜんじ》に関する昔ばなしである。

この禅師は若い時、中国にわたって学問を治めた。そして、村人から厚い信頼を得ていた。その禅師が或る日、とんでもない不思議なことを口走った。

ある日のこと。おしょうさまは、本堂で坐禅をくんでいるさいちゅう、きゅうに、すっくとたちあがって、弟子たちにさけびました。

「みなのしゅう、ただいま、となりの国、もろこしの経山寺《けいざんじ》が火事になった！　となりの国の火事なのだが、火けしの手だすけをしてもらいたい。さあ、なにをぼやぼやしておる！　水をくむのだ！　水をくめ！」

そして、じぶんも、きりきりとたすきをかけるのでした。弟子たちは、びっくりぎょう

てん。こころのなかで思うには、
「なにを、ばかなことをいわっしゃる。となりの国といったって、もろこしは海をへだてた、とおい国。そこにおきた火事なんて、見えるはずもないものを。おしょうさま、まっぴるまだというのに、ゆめでも見さっしゃるか？」

だれもそう思いました。もろこしとは中国の古い時代のよび名です。

けれども、おしょうさまのけんまくが、あまりにものすごいので、だれひとり、「海のむこうの火事なんて、どうしてそれがわかるんです？」などといいだすものはありません。

こうして寺の弟子たち、それに村人たちも手伝って、水を汲んだ。そして、それらを実相寺の屋根や本堂、さらに、仏さまや柱、壁や床にもかけ続けた。初めはみんな不思議に思っていたが、おしょうさんがあまりにも熱心で真剣なのにうたれて、みんなも自分たちの寺が本当に燃えている気持になって、どんどん水をかけた。それで、あたりはまたたく間に水浸しになった。

そして、実相寺の庭の木々がぽたぽたとしずくを垂らす頃、おしょうさまは、「やあれ、ようやっと、経山寺の火事もおさまったようじゃ。（中略）皆の衆、ごくろう、ごくろう。」と言い、いつもの静かな顔に戻った。しかし、みんなは不思議でならなかった。どうして遠く離れた国の火事がわかるのか、おしょうさまに聞いてみたが、詳しいことは何も話してくれなかった。

やがて時が経つと、村人たちはこのことを忘れていった。そんなある日のこと、実相寺に立派なお坊さんが訪ねてきた。

「わたくしは、経山寺からのつかいのものです。いまから五年まえ、経山寺の火事のときには、お手だすけ、ほんとうにありがとうございました。おかげで、ぜんぶは、やかずにすみました。」と、ていねいにおれいをいいます。実相寺のおしょうさまは、

「なんのなんの、たいしておやくにもたたないで。」

もろこしの僧と、実相寺のおしょうさまのあいだでは、まるで、はなしがよくあいます。

もろこしの僧は、

「村のかたがたにも、ひとことおれいがいいたい。」

というので、お寺のけいだいに、村のひとたちをあつめました。おしょうさまが通訳をして、もろこしの僧のおれいのことばをつたえると、みんなは「アッ！」とおどろいてしまいました。

そして、もろこしの僧は焼け残った経山寺の大きな風鈴《ふうりん》を実相寺に寄付した。

これで海の向こうの火事を消した話は終わりであるが、この実相寺のおしょうさまに関する

もう一つの話がある。それを茨木は後日談のようにして付け加えている。

その話とは、中国で元《げん》に敗れた宋《そう》の国の僧二人（陣昭《じんしょう》、答谷《とうごく》）が実相寺のおしょうさまを頼って、この寺にやって来たという話である。おしょうさまはこの二人が「日本でりっぱに生きていけるようにと」、あることを教えた。

その「あること」とは、京の都で古くから行われていた「踏歌《とうか》」という芸である。足でとんとんと拍子をとり、身振り手振りで面白く踊ったりする。おしょうさまは楽譜を作り、それに合わせて「仏の教え」をわかりやすく説いた詞を添えて、二人に歌わせた。こうして、二人は組になって、家々を回り、歌って、踊った。歌の詞は「ほとけのおしえ」であったから、どの家でも喜んで、「お布施」をくれた。三河万歳は、こうして始まったのだという。

以上が、愛知県幡豆《はず》郡に伝わる昔話（伝説）である。

ところで、茨木のり子はどうしてこの昔話を再話したのだろうか。この話は、日本と中国との友好的な交流の話である。日中交流の「大変良い話」が昔話の中にもあるんですよ、と言いたかったのだろう。日中友好の話は、つい最近始まったかのように思っている日本人も多いから。そして、特に日本の子どもたちに向けての茨木のメッセージが、この話から浮き出してくる。「対岸の火事」を傍観せずに、助けに行く。そのような「助け合い」の精神が日本人にはあった。そして、一人の先導する者がいなければ、その「助け合い」は起こらない。それは、どこの国でも同じであろう。この話では鷹通《おうつう》禅師であり、前の話「くだもののふるさと　みかん」では、タジマモリである。このような先導する者に導かれて人々は動く。しかし、彼らは英雄なのだろうか。見方によっては英雄ということにもなるだろう。イギリスの哲人トマス・カーライルの『英雄及び英雄崇拝』は、このような問題を考える上での参考書となる。

生まれや育ちが、英雄や偉人となる素地が、もともとある。そのような人間がいないわけではない。例えば、ナイチンゲールなど。しかし、通常は、その人が生まれ育っていく、その過程において英雄や偉人となるのではないだろうか。つまり、初めから、英雄や偉人と決まっている人は存在しない。人が日々生きていく、そのプロセスにおいて、いろんな人と出会い、また、自ら行動し、自ら思索する。その結果が他者から「素晴らしい」と称賛されるのである。

昔話には、「素晴らしい」人がたくさん出てくる。いや、中にはタヌキやキツネといった動物に「素晴らしい」人物がいる。これらは総じて、人間の生き方の見本箱である。もちろん、悪者、ずるい者、暴れん坊も登場する。

昔話を読むことで、昔の人々の生き方を知るだけでなく、現代に通じる「人としての生き方」を知ることになる。

英雄や偉人になることを目指して、子どもは英雄伝や偉人伝を読むわけではない。いろんな人の生き方を知りたいために読むのだ。中には、英雄や偉人になった主人公よりも、それらを陰で支えた人たちに感動する子どももいるだろう。夏目漱石の『坊っちゃん』で、主人公の坊っちゃんより、坊っちゃんを陰で支えた人・清《きよ》に感動する子どももいるだろう。

英雄伝や偉人伝を読む面白さは、その主人公の成長する姿はもちろんのこと、主人公とかかわるその他大勢の人々の行動や言葉にも引かれるからである。

話題がだいぶ広がった。再び、茨木のり子の再話のことに戻る。茨木は『おとらぎつね』後書きの文「おかあさまがたへ」で、次のように述べる。

もはや、埋もれ、風化しかかり、残された伝承も簡略そのもので、愛知県人ですら、まったく知らないでいるもののなかに、内容のぴかりと光ったものが、かくされているのを知りました。

茨木のり子が愛知県の昔ばなしを再話する中で気づいたのは、民話に登場する主人公の「素晴らしい」生き方はもちろんのこと、その主人公とかかわるその他大勢の人々の行動や言葉の素晴らしさであった。

## 引用主要作品（第十章〜第十二章）

これらの章では茨木の民話及び童話作品を主に取り上げました。

・茨木のり子『おとらぎつね』（さ・え・ら書房　一九六九年五月）より
　「おとらぎつね」「海のむこうの火事をけした」

・茨木のり子「くだもののふるさと　みかん」（『プッペ』第二号　一九六〇年十一月）

# 第十三章　『ハングルへの旅』から

茨木のり子の著書『ハングルへの旅』（朝日新聞社　一九八六年六月）を再読した。その中に忘れがたいことが記されていた。それは朝日カルチャーセンターで茨木が「朝鮮語」を教わった金裕鴻（キム・ユホン）先生に関してである。茨木は金先生の教え方をもとに「良い先生」とはどんな先生なのだろうかと、思いをめぐらした。気づいたのは次のこと。

かねがね感じてきたことだが、良い先生には二つのタイプがある。

一つは金先生のように、教えることが純粋な喜びであり、生徒の可能性をひっぱり出し輝かせることを無上の喜びと感じるタイプ。もう一つは、教えかたは下手でなってないが、自分自身なんらかの研究テーマを持ち、その真摯《しんし》さや生きかたの部厚《ぶあつ》さが、言わず語らず生徒の畏敬《いけい》を集めるというタイプ。この二つを対極として、中間につまらない教師がいっぱいいるということだろう。

教師になる基準が、成績の良さだけで計られるやりきれなさ。人間も成績もでこぼこだが、すばらしい教師になれる人材が、掬《すく》いあげられていない現状。教育の世界がなぜかさむざむと感じられるのは、教師の魅力、教師の情熱の不足もかなり大きいような気がする。

授業中、たえずそんな思いがちらちらした。

「勉強するについて、僕を十分に利用して下《くだ》さい。利用するのはあなたがたです」

これもふつうではなかなか言えない台詞《せりふ》である。

分きざみのお忙しさで、帰宅は深夜が多かったらしいが、山手線の某駅から自宅までは自転車で、途中大きな橋があり、月の冴えている夜などは、橋の中ほどでふと自転車をとめ、夜空を見上げながら、

「ああ、一体、自分は何をしているのだろう」

と、なんとも言えない空しさがひろがるとも話された。

燃焼と空しさとは、たぶん背中合わせであるだろう。この話もなんだか心に沁みた。

手とり足とり言葉の手ほどきをして下さるほかに、ハングルの歴史、風俗習慣、物の感じかた、考えかたの違いなど、金先生の話を通して知ったことが多く、一枚一枚、目の鱗《うろこ》が落ちてゆくようだった。今まで如何に観念的にしか理解していなかったか（注1）。

教師論や教育論は難しい面があるが、茨木がここで金先生を例にして述べていることは正しいと思うし、わたくしもこの考えに賛成である。すぐれた師との出会いは小学校、中学校、高等学校、大学等のほか、いろんな学びの場で実現する。茨木が経験したカルチャースクールでの「良き師との出会い」は、その一つの例である。また、小学校、中学校、高等学校、大学等の教師でなくても、一般の人が公民館などの市民講座で教師をつとめることがある。「人に物を教える」際の心構えと技術を意識しておかなければならない。

**注**

（1） 茨木のり子『ハングルへの旅』（朝日新聞社　一九八六年六月）三三一―三三二ページ。

# 第十四章　一九六〇年の安保闘争

先に茨木の短篇童話「くだもののふるさと　みかん」（『プッペ』第二号　一九六〇年十一月）を取り上げて論評したが、この童話を発表した年（一九六〇年・昭和三十五年）は我が国でたいへんな事が起こっていた。いわゆる「安保反対闘争」である。

「警職法」（警察官職務執行法）という法律があり、これは一九四八年（昭和二十三）公布された。この法律は、警察官が職務を遂行するための「質問・保護・立ち入り・武器使用」などの手段とその制限を定めたものである。その職務権限をさらに強化する法案（警職法改正案）が一九五八年（昭和三十三）、国会に提出された。しかし、これは世論の激しい反対によって成立しなかった。

「若い日本の会」という若い芸術家を母体とする団体が、「警職法」改正の反対の時、結成された。そして、この「若い日本の会」は安保問題についても反対の旗を掲げて立ち上がった。

一九六〇年（昭和三十五）五月十九日、衆議院安保特別委員会が自民党の強行採決で混乱するも、清瀬一郎議長は警官五百人を議場に導入し、坐り込み議員たちを排除し、本会議の開会を宣言し、会期五十日延長を議決した。五月二十日の未明、新安保条約・協定を強行採決した。以後、国会は空白状態となり、国会周辺は連日、デモが続いた。

五月二十日には全学連の主流派が首相官邸に乱入し、警官隊と衝突した。五月二十四日、社会党委員長浅沼稲次郎がアメリカ大使と会談し、アメリカ大統領アイゼンハワーの訪日延期を申し入れ、また、アメリカ帝国主義をめぐって激しい論戦を繰り広げた。五月二十六日、参議院本会議があり、自民党及び参議院同志会で会期五十日延長を議決した。同日、安保阻止国民会議の第十六次統一行動で十七万人のデモ隊が国会を包む。五月二十七日、自民党が衆議院本会議を単独で再開する。

六月四日、安保改定阻止第一次実力行使。国鉄労組などが交通部門で早朝スト。また、全国で総評・中立労組が四百六十万人、学生・民主団体・中小企業者百万人、計五百六十万人がストライキに参加した。六月十日、アメリカ大統領秘書ハガチーが来日。されど羽田空港で労働者・全学連学生（反主流派）のデモ隊に乗用車を包囲され、アメリカ軍のヘリコプターに乗って脱出。翌日、ハガチーは日本を離れた。

六月十五日〜十六日、安保改定阻止第二次実力行使。全国で五百八十万人が参加。安保阻止国民会議・全学連などが国会でデモを行う。十五日、右翼・全学連反主流派などがデモ隊に殴り込みを行う。また、全学連主流派が国会突入を図り警官隊と衝突。東京大学の学生であった樺美智子が死亡した。約四千人の学生が国会の構内で抗議集会を開いた。警官隊は学生など百八十二人を逮捕。負傷者は千人を越す。

六月十六日、臨時閣議が開かれ、アイゼンハワー大統領訪日の延期要請を決定す。マニラ滞在中のアイゼンハワーは了承した。六月十七日、議員面会所で社会党顧問の河上丈太郎が右翼の少年に刺されて負傷。

六月十八日、安保阻止統一行動で三十三万人が国会をデモし、徹夜で国会を包囲した。六月十九日午前0時、新安保条約・協定、自然承認。六月二十日、参議院で安保関係国内法などを自民党の単独採決によって可決。六月二十三日、新安保条約批准書を交換し発効。岸信介首相が閣議で退陣の意志を発表した。

なお、この後、安保阻止国民会議が七月二日、「新安保不承認大会」を東京の三宅坂で開き、十万人の参加があった。しかし、時代は後戻りできなかった。

七月十五日、岸内閣は「大仕事」を成し遂げて総辞職。自民党大会で池田勇人《はやと》が石井光次郎を破って総裁に就任。岸内閣は池田勇人にバトンをタッチした。池田は所得倍増計画なるものをぶちあげた。こうして戦後の日本は安保闘争の時代から、「国民所得倍増」の高度経済成長の時代へと移っていく。

# 第十五章　エッセイ「怖るべき六月」

茨木がルポルタージュふうのエッセイ「怖るべき六月」（飯塚書店『現代詩』第七巻第八号一九六〇年八月）で記しているのはこの年（一九六〇年）五月三十日から六月二十二日までの出来事である。

茨木は「一人でも入れるデモを探そう」として国会議事堂に行く。まず、どのグループに入ろうかと思案している。その日は六月四日、ある放送局のプロデューサーと助手、それに茨木の三人は、「声なき声の会」という『思想の科学』関係のグループのデモ隊の後尾に加わった。それから茨木はいろんな人に出会い、いろんなものを目撃する。

国会正門前にきたとき、松永伍一氏に肩をたたかれた。一度新橋まで行ってまたここへ戻ってきたのだと言い、疲れたと言いながらパチパチと精力的に写真を撮っていた。デモの波はアメリカ大使館に向かい、大使館の庭で、抗議集会をひらかせろ、またはデモを通り抜けさせろと交渉しているらしかったが、風と厖大な群衆とのなかで、その内容はよくききとれない。三十分以上も坐りこみを続け、林立する赤旗を眺めた。日本文学学校の赤旗も遠くではためいているのが見えた。プロデューサーはプロデューサー魂を発揮して、小型のテープレコーダーを肩にどんどん人垣を押しわけて大使館の前に進んでゆく。そこでは警官が四重、五重になって守っていて、首相官邸よりはるかに警備がものものしい(注1)。

この後、茨木はどうしただろうか。続きを読んでみる。

デモの波は、また動き始め、新橋方面に向かった。プロデューサーと別れて私はまた「声なき声の会」の列にもどった。警官の前を通るときは、うっかりすると押し返されるのでしっかりスクラムを組んだ。まったくこれも私にとっては画期的なことだった。夫以外の見も知らぬ男性と腕を組むなどということは！

新橋が近くなると軒なみにあるレストラン、中華料理店、喫茶店の従業員が首を出して声援するのが見えた。「一緒に歩きましょう」と呼びかけるのに、「バッカじゃなかろうか！」と応酬するハイティーン娘もいる。

新橋で流れ解散。銀座の裏通りを西銀座駅まで歩いてゆくと、さっきまでの興奮がにわかにネオンの燦《きらめ》くなかに吸いこまれ、氷解されてゆくようだった。並木通りのあたりで全学連のデモの一隊らしい学生が騒いでいる……と思ったら、それは早慶戦で勝った慶応の学生たちが酔って気焔《きえん》をあげているのだった。

きれいな女のひとたちが行きかい、油虫のように光る高級車が、油虫のようにすばやく走っていた。その日三万人といわれたデモ帰りのひとびとの渇《かつ》をいやすビールにも事欠かず、つまり銀座は銀座であった。日本は広い。この小さな島はあてもなく広いという実感が胸にきた（注2）。

これは観察の眼の行き届いたルポである。国会周辺の殺気立った雰囲気とは異次元の空間が同じ東京に存在している。眼前に展開するのは皮肉な現実である。しかし、これが紛れもない人間世界の現実なのだ。「つまり銀座は銀座であった。日本は広い。この小さな島はあてもなく広いという実感が胸にきた。」という茨木の感慨に、読者は冷や水を浴びせられる。

六月二十二日の記録には、次の文章がある。

銀座、京橋、東京八重洲口、そして流れ解散。右翼が待機しているから、挑発にのらないでくれという伝令もしきりにくる。女のひとはねらわれやすいからとアンコのようにデモの真中《まんなか》にかためるようにしてくれる。男女同権もなんのその、こういうときばかりは男性の庇護をありがたく受けることになる。ピーと笛が鳴れば警戒、ピピッと鳴るのはふつうの合図と伝達されてくるが、解散まで何事も起らなかった。デモも何度も繰返していると、これが行動と呼びうるものかどうか、疑問が頭をもたげてくる。安保新条約が十八日の夜自然承認になったことの心理的反映かもしれない。とうとうそれはまかり通った。「強姦《ごうかん》されそうになって、抵抗して、抵抗して、抵抗して、そしてとうとう強姦されたって感じだな」という人があったが、あるいはそうかもしれない。負けたことは事実だ。そういえば安保闘争は最初から負けていたともいえる。岸信介を選んだときにすでに負けている。

選挙法にも問題があるらしい。また、広い日本の民衆の意識そのものが、敗戦の実態を受けとめていなかったことの証拠で、これだけ盛上った安保闘争が、どこかに絶望とむなしさを抱えていたのも、民衆の選んだ政府を民衆が罵倒《ばとう》する——その関係のやりきれなさがつきまとっていた故《ゆえ》かもしれない。

しかし変動の烈《はげ》しい世界情勢のなかで、自分達の選んだ政府のやりかたに反対するということは当然あるべきだし、解散して民意に問え！という点では安保賛成の人たちも一致していたことだ。そのために多くの人間が結集したのだ。

これはもちろん収穫として残るだろうし、残すべきだ。マッスとしての民衆は信じられないという人もいて、アジ一つで右へも左へもたやすく動く無定見なものという認識があり、事実、歴史はそのことをいやというほど教えている。けれども今日を含めて四度のデモに参加しての感想では、無定見な民衆という印象はどこにもなかった。むしろ戦後になって初めて見た、肯定的な力の結集であった（注3）。

茨木はこのように述べ、自分がデモに参加して得た感想の総括を行っている。もちろん問題点は多いし、「これだけ盛上った安保闘争」の結果が敗北に終わったのは残念であるが、それにしても「戦後になって初めて見た」民衆の「肯定的な力の結集」であったと評価する。

そして茨木は先の文章に続けて、次のように書く。

三、四年前、私は〈六月〉という詩を書き、その三連で、

どこかに美しい人と人との力はないか
同じ時代をともに生きる
したしさとおかしさと　そうして怒りが

鋭い力となって　たちあらわれる

と書いたが、同じ六月という月に、それを見たというよろこびがある。こういう感じ方は甘く、手痛いしっぺがえしとなって返ってくるかもしれないが、にんげんは育つものだ、一人一人が育ち、複数としても育つという認識の方に賭《か》けたい（注４）。

ここで茨木はふと、自分の過去の詩を思い出した。それは「六月」と題する全三連の詩であり、詩集『見えない配達夫』（飯塚書店　一九五八年十一月）に所収されている。なお、「六月」の初出は一九五六年（昭和三十一）六月二十一日の『朝日新聞』である。今、その全体を示すと、次のとおりである。

六月

どこかに美しい村はないか
一日の仕事の終りには一杯の黒麦酒《ビール》
鍬《くわ》を立てかけ　籠を置き

男も女も大きなジョッキをかたむける
どこかに美しい街はないか
食べられる実をつけた街路樹が
どこまでも続き　すみれいろした夕暮は
若者のやさしいさざめきで満ち満ちる

どこかに美しい人と人との力はないか
同じ時代をともに生きる
したしさとおかしさと　そうして怒りが
鋭い力となって　たちあらわれる

「こういう感じ方は甘く、手痛いしっぺがえしとなって返ってくるかもしれないが」と断り書きをしながら、茨木は民衆の力、及び、民衆の成長（「育つということ」）を信じようとしている。悲観論者ではない。また、手放しの楽観論者でもないが、どちらかというと自分は楽観論者の方に属すのではないかと見ている。

そして、このエッセイ「怖るべき六月」全体を通して見えてくる茨木のり子の姿は、デモ隊の後部に並び、決して目立たず、控え目に行進する姿である。後衛の位置から民衆と共に声を上げる姿である。

エッセイ「怖るべき六月」の末尾は、友人に宛てた茨木自身の手紙の引用である。一緒にデモに行った友人の一人から葉書が来た。それに対する茨木の返信である。

お葉書ありがとうございました。先日は詩人たちと一緒にデモストレーションできて、うれしく思いました。詩を書くという、あまり利口でない仕事を選んだことによってお互いに顔見知りになった人々と手を握り、道いっぱいのデモ行進ができたことは、恩給の旗の下でデモったときより、はるかに快適だったようです。（中略）

数をたのんだ安保強行採決があきらかに理不尽な暴力と多くの人達に受けとられたのに、政府の方は、請願権の行使、デモストレーションの方を暴力と呼びました。民衆の側のどこに暴力があったというのでしょうか。整然たるデモで終ってしまったことを不満に思っている人も多くいますが、もし一つでも狂信的な暴走などがあったとしたら、私はきっとがっかりしてしまったでしょう。日本人の悪い性癖の記憶に、まっすぐつながってしまうからです。（後略）

この文章「怖るべき六月」を発表した時、茨木のり子は三十四歳。ずいぶんしっかりした考えを持っていたと思う。

詩を書く人間には、小説を書く人間と同様、詩を作るうえでの「パンだね」が欠かせない。そういう意味で茨木のり子における安保反対のデモ参加は大きな意味があった。

**注**

（1）茨木のり子「怖るべき六月」（飯塚書店『現代詩』第七巻第八号　一九六〇年八月）。
（2）前出（1）「怖るべき六月」。
（3）前出（1）「怖るべき六月」。
（4）前出（1）「怖るべき六月」。

# 第十六章　安保闘争の回顧

安保闘争にわたくしは参加したことがない。しかし、わたくしが高等学校で国語を教わった先生がその経験を持っていた。その先生の手記を見たことがある。それを以下、示す。

「二、三限目、言語学休講だって。」

「わあ、うれしい。じゃあ、クラス討議しょうか。安保について。」

「異議なし。」

タンポポの生えている大学の中庭で車座をして、私たちは幼い討論をした。入学して、すぐだった。

「新安保の条文、むつかしいねえ、だれかに解説してもらおうか。」

「M先生だめかなあ。あの先生、三一新書で何かそんなの書いていたし……」

「よし、じゃ、クラス委員、交渉に行ってこいよ。」

そんなふうに安保闘争のなかへ入っていった私たちだった。

しかし、安保条約をめぐる動きは、もうすでに終盤戦に入っていて、反対するにしても、行動に表すことの強く要求される段階であった。

反対、デモ。郊外の武蔵小金井から中央線の電車に乗って、自治会旗を掲げ国会周辺に行き、激しいジグザグデモ、そして、有楽町へシュプレヒコールをしながらの行進。

そのころ、学生運動は、トロツキストといわれる社会主義学生同盟、革命的共産主義同盟などによる主流派と、民主青年同盟などを中心とする反主流派とに分裂していた。デモの方法も主流派は過激独走的で、反主流派は共産党、社会党の率いる国民共闘と、歩を一つにしていた。学内にも二派があって、デモコースの決定などには、激しく対立していた。

「安保には反対だけど、デモはいやだわ。」

「同じ反対なのに、なぜ分裂行動をとらなきゃいけないのかしら。」

「自治会の一員としていくんだから、執行部の決める方にいこうよ。」

「じゃ、執行部の立場の説明、一応、聞いときましょう。」

「執行委員長の浅田さんがいいわ。あの人すてき。あの人の言うことなら、どっちでもいいからきく。」

「やめとけよ。この正義感に燃える純粋な一団に汚点が付くというものさ。」

そんなことも言い合って。

彼、浅田執行委員長は社学同、つまり主流派に属す思想団体にあり、誠実な闘士としての個人的な人気もあって、私たちは初め、主流派の行動をしていた。四列〜六列横隊にスクラムを組み、激しいジグザグデモ――。

そんな日々が続いた。

五月初めのころまで私には安保闘争そのものが、私自身のどういう内的要求、生活要求と結びついているのか釈然としていなかった。ただ、目前に安保闘争というものがあり、正義感だけで十分入り得たし、それが要求されてもいた。だから、デモに行って帰ってから、寮で行われるsocial danceの講習会にも参加し、それでなくてもひ弱な身体は疲れ切って、一晩中眠ることもできないような、無駄な混乱した生活もあった。

その後、五月十九日が近づくと、私は自分の立場や態度を自分自身でもう少しはっきりとつかみたくなった。思想的にも、もっと大人になりたかった。社研に入った。そこで古川さんと知り合った。彼女の性格その他、思想にまで共鳴することが多く、彼女の属していた民青に顔を出すようになった。自治会と分裂行動をし、反主流派の集まる四谷、清水谷公園へ集合したりするようになった。

やがて五月十九日、新安保は混乱のうちに強行採決された。日々何十万という人々がデモ抗議し、国内に反対意見の燃え上がっているとき、充分に審議することなく与党のみで慌てて採決したということに対して人々の疑惑は強くなり、安保反対の声はさらに強くなった。大学の自治会では、一週間授業放棄のストライキを決定した。私はその時、その抗議方法を熱烈に支持した。一つの興奮の渦に巻き込まれて高まった感情以外に、社研や民青で確かめられた自分自身の要求を認識できていた。とにかく私はクラスでも積極的に発言し、行動した。

六月十九日、この日をもって新安保は自然成立する。連日のデモで疲れ切っていたが、十六日に樺美智子さんの死によって「抗議」「反対」の気持ちはさらに高まった。

夜が来て国会議事堂の三角の塔に赤い灯がついた。民青の古川さんらと、正面玄関よりやや霞ヶ関寄りに坐り込んでいた。女子寮からおにぎりが送られてくるが、ぎっしりと埋め尽くした人垣で、なかなかやって来られない。

ああ今夜、自分たちがこんなに必死になって反対しても新安保は成立してしまう・・・・・・。焦燥と無力感。

「岸を倒せ、安保粉砕。」

そう叫びつつ、また、夜の中をデモ行進。

雨に打たれ、血を見、警官に打たれて――。

あの時、デモの中で私は信じていた。自分たちの抵抗が何らかの効果があると。

「でも今夜、必死にデモろうと叫ぼうと、もうおしまいなんだわ……」

かすかに霧が流れていた。私たちは国会議事堂の前で夜を明かした。徹夜の抗議は安保賛成の政治家には届かなかった。疲れは無力感と虚脱感を伴っていた。

その後、安保反対運動の総括は、学生運動を支離滅裂にした。スクラムを組み、インターナショナルを歌って団結した力は、どこかへ行ってしまった。私自身、気のぬけた、ぼんやりした毎日を送るようになった。

あの時、自分は正義感とムードだけで学生運動に参加していたのではないと自己弁護するつもりはない。多少は、そういう甘さがあった。しかし、読みなれない社会科学書を読み、ある時は死を恐れずに激しいデモに参加した私の中の力は、自分でも驚くものだった。自分の中にこんなエネルギーがあるとは思いもしなかったから。

あの時の行動は「自分が今、生きてここにあるという認識と感慨」を体験するためにとった行動ではなかっただろうか、そんな気がする。つまり、私の青春彷徨の一ページだったのだと思う。

大学生の生活が一体どんなものであるかを知らなかった高校生のわたくしは、この文章を読んで驚くと同時に感動した。夏目漱石『三四郎』の主人公小川三四郎が上京する汽車の中で広田先生に出会ったような体験である。また当時、高校生であったわたくしが大江健三郎の小説を読んだり、柴田翔の小説『されどわれらが日々』を読んだりして大学生としての生活をあれこれ想像するような、そんな思い出がある。

大学生の生活が政治の問題と緊密にかかわっていた時代が戦後の日本にはあった。そのことを想起するのも無駄ではないだろう。

# 第十七章　子どもの詩「安保反対」

前の章（十四、十五、十六）で安保闘争のことを取り上げた。子どもがこの政治問題をどう見ていたのかが、わたくしには気になった。あれこれ本を見ていたら、次の詩が見つかった。

岸とアイクが、
安保条約をする。
ぼくは安保ははっきりしらない。
大学の先生や生徒がやっているから、
ぼくは　安保反対だ。
そして　岸もはやくやめて、
つぎの首相は
もっと若い人にゆずったらいい。

これは小学六年生のK・I君が書いた「安保反対」と題する詩である。
この詩について吉田瑞穂（児童詩の研究家）は、次のようにコメントを付している。

この作品を書いたK・I君は、ぼくは、安保ははっきりわからないと言いながら、大学の先生や生徒がやっているから反対だと書いています。そして、岸もはやくやめて、つぎの首相は、もっと若い人にゆずってもらいたいという考えを書いています。だれからか聞いた受け売りのことばのようにも感じられます。これはつまり、短い感想文ですね。詩ではありません。

こんな作品が、流行していますが、やはりインスタント詩です。こういう作品を書いている人はある時ある場所でほんとうの安保のデモを見たり、ニュースを見たり、ラジオを聞いたりして受けた強い感動を書くようにしなければなりません。そして感覚的にとらえるとともに、考えがとけこむように書いていけばよい詩ができます。そのようにすることが、治療の方法です（注1）。

この吉田の批評は正論である。しかし、わたくしはこのような子どもの詩もあっていいと思う。なぜなら、受け売りであるにしろ、この子どもは少し社会的な関心を持ち始めているからである。自分の心に浮かんだことや自分が思ったことを表現する場合、その技術が必要になる。その技術がこの子にはまだ出来ていないのである。しかし、世の中の動きに目を留めて自分も他者と同じように思うという意思表示はできている。この点は評価してもいい。

もう一つ、子どもの詩を見てみよう。

酒はだれのために
なにするためにあるのか
国の経済をたすけるためにか
でもまずしい人にはたかすぎる
たのしんでのんでも
結果がわるい
けんかして　人をきずつけて
あげくのはては
借金のため心中までしかねない
酒のうってない国

酒のみのいない生活
どんなにいいだろう

これは中学二年生のH・F君の「酒」と題する作品である。これは意見を述べたものであり、詩の形にしなくてもよかった。しかし、そもそも詩というのは作者が自分の「志」（意見・主張・考え）などを述べるものであった。したがって、詩にしてもよいモチーフである。作者の志ははっきりしているし、詩に表したいとする動機も明確である。

たぶん、この作者は家庭で、もしくは路上で酔っ払いの大人の姿を実見したのであろう。その実見から、「酒のうってない国／酒のみのいない生活／どんなにいいだろう」という思いが生まれてきた。確かに、大人の中にもこのような考えに同感する人もいるだろう。じっさい、アメリカ合衆国では禁酒法という法令が成立したことがある。しかし、世の中にはいろんな考えの人がいる。よって、「酒のうってない国／酒のみのいない生活」は理想であるが、なかなか実現しない。だが、その理想を思い描いたという点で、この作品は有意義である。しかも、K・I君の「安保反対」に比べて、作者の訴えが読者に強く迫ってくる。

ところで、この作品について吉田瑞穂は、次のようにコメントを付している。

Ｈ・Ｆ君は、酒の害について感想を書いています。Ｈ・Ｆ君は、ふだん、酒飲みのわるいところを見たり聞いたりしたことをまとめて書いています。酒があるので、よくないことがおこることを、すじ道をたてて説明しています。だから、わたくしたちは、この作品を読んで、「そうですか、そうですか、よくわかります」と言うほかありません。すこしも感動をうけません。つまり、この作品は、作者が、ある時、ある場所で強く感動させられたことを書いてないのです（注2）。

吉田は「すこしも感動をうけません」と述べているが、吉田は民衆詩派に対して北原白秋が浴びせた批判と同じことを言っている。詩とは実に幅の広いものであるのに、吉田は芸術派の側に寄りすぎている。子どもの詩を見る場合、もっと幅広い見方が必要であるとわたくしは考えている。

吉田は先の批評に続けて、次のように述べている。

Ｈ・Ｆ君は、ある日、ある場所で酒の害について強く感じたら、そのことだけを中心に書きながら今まで考えていたことも、のちのことも、詩のどこかにしみこむように書けばよいのです。そうすれば、読む人に感動をあたえる詩ができあがるでしょう（注3）。

しかし、子どもは「読む人に感動をあたえる詩」を書こうなどと考えて詩を書くだろうか。この点、吉田は誤解をしている。子どもの書く詩は自然発生的なものが、殆んどである。だからこそ、尊いし、貴重なのである。大人のプロフェッショナルな詩人のようになりたいと子どもの時から研鑽を積もうとしている子どもがいないわけではない。しかし、小学校、中学校で子どもが書く詩は、自然発生的なものでいい。わたくしは、そのような立場である。

吉田は「H・F君は、ある日、ある場所で酒の害について強く感じたら、そのことだけを中心に書きながら今まで考えていたことも、のちのことも、詩のどこかにしみこむように書けばよいのです。」と述べているが、それはあまりにも抽象的な文言である。また、このようにアドバイスしてみても、H・F君はこの詩を自分なりに直すことはあっても、吉田のアドバイスのようには直さないだろう。

詩全体が「思いや気持ち」で埋められているが、酒に酔っぱらった人の様子を思い出して「詳しく書いてみたらどうだろうか」ぐらいのアドバイスで自己推敲させるのがいいのではなかろうか。

ともあれ、子どもの詩の指導は難しい。

注

（1）吉田瑞穂『よい詩を作るくふう』（さ・え・ら書房　一九六二年一月）二二一－二二二ページ。

（2）前出（1）『よい詩を作るくふう』二二二ページ。

（3）前出（2）に同じ。

# 第十八章　詩「行動について」と詩の批評性

茨木のり子の詩集『見えない配達夫』（飯塚書店　一九五八年十一月）に「行動について」と題する詩が載っている。次のとおりである。

それはふらふらとやってくる
こそ泥のようにやってくる
五月の風のようにやってくる
きまぐれな種子のようにやってくる
きまぐれな種子のようにやってくる

しばらくしてひとは気づく
重い心の扉をあけて

なにか異質のものの
はいりこんでしまった形跡に

ひとの内部の土壌をこのむ
これはなんの芽?
恋や思想　憧憬　野望　革命のきざし
殺意　姦淫　強盗の双葉
それから名づけられない多くのものら

どれがどれを追いぬいてか
ひとつが大きく成長する
ひとはもう無視することができない
かかわりを持ち　問い　答え
秘密な長い格闘がはじまる
芽は葉を繁《しげ》らせ　わさわさ伸びて
樹木になる

樹木はある日　ひとの脳天をつきやぶる
それはとうとう　つきやぶってしまったのだ
ああ　その歓喜を思え！
この事件はもう
いかなる批評も受けつけぬ
この事件はもう
いかなる判決も受けつけぬ
懺悔とは遠いところ
だらけた手記とも遠いところに成立する
かかる美しい行動をわたしたちは見るか
わたしたちの周囲に

少しわかりにくい詩である。鶴岡善久はこの詩について次のように述べている。

第一連は簡単ないくつかの言葉とそのリフレインによって構成されているが、言葉たちが読者に生き物のように働きかけてくる微妙なエネルギイは自分の鏡をのぞくしぐさからは決して生まれては来ないのだ（注1）。

「自分の鏡をのぞくしぐさからは決して生まれては来ない」と述べて鶴岡が評価しているのは、茨木の詩が女性の詩によくある「ナルシステックなもの」を排除しているからだという。さらに鶴岡の言葉に耳を傾けてみよう。

女性の詩にはナルシステック（※正しくはナルシスティックだが、このままとする）な詩が多かった。ひとは鏡のなかの彼女らのやわらかな体の線や彼女の体の匂いやほほえみをしか感じることしかできなかったが、茨木のり子は生活のなかにいながらその生活の現実を実際の行動に彼女自身を客体化しながら極めて鋭い批評家の眼としてとらえている。彼女のあやつる言葉はそのへんの平凡な人々や新聞にざらにある言葉だ。ただその言葉を彼女は行動として詩に、なにものにも遮断されない彼女のイマジネイションの自由な働きによって緊張した主体的な持続をかたちづくる（注2）。

つまり、茨木のり子は「女性の詩」によくみられる「ナルシステックなもの」を排除し、

「生活のなかにいながら」「彼女自身を客体化しながら極めて鋭い批評家の眼としてとらえている」と鶴岡は述べる。また、茨木のり子が自身の詩の中で用いる言葉は何ら特別、あるいは特殊なものではなく、「そのへんの平凡な人々」が用いたり、新聞によく出てきたりするような言葉である。そのような言葉を自身の「イマジネイションの自由な働き」によって「詩の言葉」に化してしまうのだという。

このような指摘は、わたくしも同感する。

**注**

（1）鶴岡善久「茨木のり子詩集〈見えない配達夫〉について」（書肆オリオン『想像』第六集　一九五九年三月）。

（2）前出（1）「茨木のり子詩集〈見えない配達夫〉について」。

# 第十九章　寸評的結語

茨木のり子の詩の世界は、実に多様である。しかし、それほどわかりにくく、入りづらい世界ではない。それは一つには難解な言葉を用いて詩の世界を晦渋にするなど、していないからである。誰でも入りやすく、間口を広くしている。だが、その詩が流行歌の歌詞のようにならないのは、平凡な言葉を用いつつ、どこかで茨木のり子自身の強烈な主体を突き出しているからである。そして、詩のリズムは歌うような、陶酔的なリズムとは無縁である。淡々として進みつつ、どこかで読者の心にぐいと深く迫ってくる。船に乗った一人の人間が甲板に立ち、果てしなく広々とした海を眺めていると、遠くから一艘の小舟が近づいてくる。その小舟が急に大きくなって大きな船と並んで進む。そして、小舟は大きな船を追い越して夕日の彼方に消えていく。小舟が大きな船とすれ違う時、大きな船にいる人間は安閑とした気持ちになれず、激しく心が動揺する。わたくしにとって茨木のり子の詩の世界はこの小舟のようなものだ。

これまで茨木のり子の詩の世界と付き合ってきて思うのは、詩は単なる自己告白で終始してはつまらないということである。他者を動かすなどという大胆な思いはないにしても、自分と他者がどこか深いところで手を握り合うということがなければ、詩を作り公表する意味がない。遊びや自己満足で終始する詩は、わたくしにはつまらないし、わたくしはそのような詩を評価しない。昔に比べて詩を書いたり詩を公表したりする人は増えている。それはある意味では歓迎すべきことである。しかし、「本物の詩」というのは少ないのではないだろうか。そして何より、その時代を生きたという証を詩の中にはっきりと刻印できる詩人が出現してほしいと願う。

今まで取り上げてきた詩人、すなわち石垣りん、吉野弘、そして茨木のり子、彼らに続く詩人の出現を期待して、この稿を閉じる。

＊　以下は第四部「茨木のり子の世界」全体の引用文献（詩、散文など）の一覧である。
但し、参考文献は除く。

**引用文献（詩、散文など）の一覧**

［取り上げた作品A　茨木のり子の作品］　＊引用の順序による

・脚本「かぐやひめ」

・詩「女の子のマーチ」「六月」「りゅうりぇんれんの物語」「汲む――Y・Yに――」「古潭」「わたしが一番きれいだったとき」「対話」「トラの子」
・詩「奥武蔵にて」（高麗村、顔振峠、ぐみの木、＊無題詩）「ぎらりと光るダイヤのような日」
・物語「おとらぎつね」
・伝記『うたの心に生きた人々』
・童話「くだもののふるさと　みかん」
・民話「海のむこうの火事をけした」
・詩「行動について」
（但し、「女の子のマーチ」や「六月」など複数回、取り上げた作品がある。）

［取り上げた作品B　　茨木のり子以外の作品］
・島田陽子　詩「おんなの子のマーチ」
・磯村英樹　詩「木簡の恋文」
・崔華國《チエファグク》　詩「作品考」
・あまんきみこ　童話「白いぼうし」

# 附録

## 其壱　西川満詩鈔

西川満《みつる》（一九〇八―一九九九）は福島県会津若松の人。父が植民地台湾の官吏であったことから、幼児期から青年時まで台湾で過ごす。台北第一中学を経て早稲田大学文学部仏文科で学ぶ。師は吉江喬松。詩集に『媽祖祭』（媽祖書房　昭和十年四月）『亞片』（媽祖書房　昭和十二年七月）『華麗島頌歌』（日孝山房　昭和十五年九月）『採蓮花歌』（日孝山房　昭和十六年十一月）など。他に小説、随筆、翻訳など多数あり。

以下は、西川満の詩集から詩九篇を選び、現代語訳を行った。わたくしはこれまで数度、台湾を訪れ、台湾の風土や文化に親しみを感じてきた。そして、西川満の詩集と出合うことになった。中には意訳となった箇所もあるが、諒とせられたい。

## （一）　媽祖祭

ありがたや、春
われらが御母《おんはは》
天上聖母、媽祖《まそ》さまの祭典
神々の占い
天地、ここに霊をかもして
夕べ　大きな火炉に
大才子（注1）を投げる
花月《はなづき》の空　飛ぶ鳩のような我が心
うきうきとして

気根ゆれるガジュマルの蔭で
巫女《みこ》が　若い女相手に

（注1）大才子……神様の三体を印刷してある、
金箔の紙。

占いのくじを引く
金箔紙の煙があたりに立ち込めて
いけにえの白い豚が
眠っている
見出す札は十七番
「近くの楼台にて、まず月を得よ。
　太陽に向かって　花や木が
　春に逢いやすし。」

お堂の前で
煙草を一服　吸う
すると　茉莉花《まつりか》のいい匂いがして
わたしの胸に　春がやどる
思い出すのは
新婚当時の華燭の夜
妻の　やさしかった

手、胸、
そして、つぶらな瞳。

夾竹桃《きょうちくとう》の花が　あざやかに咲く　崖下《がけした》に
十六歳の遊女は　客を待っている
胡弓《こきゅう》を弾きながら唄をうたいながら
また　時には泣きながら。
ふりあおげば　空に
たくさんの星が
きらきらと　かがやく
蓬莱閣(注2)の上には
さみしい月が出て
蕭蕭《しょうしょう》として南風、吹く

占いのお賽銭《さいせん》を投げる
神の御《お》告《つ》げは

（注2）蓬莱閣……旗亭《きてい》の名。

「黄河は　なお澄みて
　清らかなり。
　人は　なおも　幸運を
　　求めようとする。」
黄色い燈火が
わたしの額に灯をともす
さまざまな人が　喜びの
また　ほほえみの思いを歌う
まさに　「百家の春」
みなさんの家に　「春よ　来い！」

楽隊の鳴らす　銅鑼《どら》の音
幕が上がれば　芝居の始まり
銀紙が　剣の先に　きらめいて
武将役者の身体《からだ》が　大空に
舞い上がる

子どもたちのどよめき
チャルメラの音は　さびしい
人形芝居は　はてしなく続く

花が　はらはらと　降ってくる
火を噴く龍が　踊る
ところで　いったい　何があったのか
祭りの山車《だし》が出ているとき
たくさんの人波を　かきわけ　かきわけして
逃げてゆく男がいた
はたして　彼は
気ちがいか？
天上の月を　指さして
ただ　怒鳴る
「どいつもこいつも
　でたらめな女ばかりだ。

母《かあ》さんのような
りっぱな女こそが
女のお手本だ！」

（二）　たわむれに

〈その一〉

辱めを受けた人よ
燈火を持った大罪人《おおつみびと》よ
わたしは今　則天武后(注3)の悲哀を知る
五体の神々は　大カラスのように
館《やかた》の上を　ひらひらと舞い
褥《しとね》の上に
一本の薔薇《ばら》の花を咲かせた

（注3）則天武后……中国、唐時代の皇后。

〈その二〉

穴倉《あなぐら》の中での　隔絶した時空
ただ何となく　赤い靴を眺め
翠《みどり》の靴下に　よだれを垂らし
おれは　まさに無芸大食
公園のブランコに　まつわりついた
一匹の獺《かわうそ》のように
あなたのよごした　花毛氈《はなもうせん》に
二度と　横たわるものか

〈その三〉

華梨《かりん》の　花咲くかなた
黄色の龍は　本土中国へ帰った
わたしは　残月の下
痩せた姫君の手を取って
ほのかな灯《あか》りの道を歩む
欄干に寄りかかって
月を　じっと眺める
うっすらと　愁いを帯びた
静かな人よ
お願いです
雷峯塔《らいほうとう》（注4）を弾《ひ》いてください

〈その四〉

（注4）雷峯塔……琴の楽曲。

夜鳴き鶯(注5)が　湖の上を飛ぶ
白い霧が流れる
ぼろん蔓《かずら》のからまる館《やかた》に
朝　秀才の青年が訪れる
そして　数時間後
魚の入った籠を提げた
婚礼姿の女が
銃弾に倒れる

# (三)　デカダンスの後に

顔《がん》氏祖先のお墓の上に
夕焼雲が漂う
はるか下には　枯れた葦の原

(注5)　夜鳴き鶯……雀に似た小鳥。

この海港の山の手に
八尺門《やさかもん》がある
険しい山道で
いったい　誰であろうか
「馬車が来る！」「馬車が来るぞ！」と
わめきながら　門を守っている人よ

一匹のサソリが　のっそりと
現れた
郵便配達夫の手には
白い封筒が　握られている

ひざまずいてお祈りしている
女の人の長衫《ちょうさん》(注6)の下に
あれっ！

(注6) 長衫……ワンピース式のスカートで、
腰の上まで開いてある。

こっそりと見えているのは
繻子《しゅす》の刺繍《ししゅう》靴
よく見ると
コオロギの奴《やつ》め！
銀色の線で
彼女の刺繍を占領している

誰かが向こうから駆けて来る
白い足だ
二頭立ての幌《ほろ》なし馬車に
炎が上がる
巨石《おおいし》を落とせ！
かわいそうに
神様も御照覧あれ
目には目を　歯には歯を
とは　このことなんです

今は　まさに
岬のくちなしの花が　真っ盛り
車のわだちには　土けむり
海に
夫人が　華麗に
落下した

（四）　昇天

山の洞穴《ほらあな》から
楽《がく》の音《ね》が　ひびいてくる
わたしは　長袍《チャンパオ》（注7）をひるがえして
駆け出した
迎えに来たのは　素晴らしく美しい雲だった

（注7）長袍……男子用の長い中国服。

わたしは　雲に飛び乗った
まるで西遊記の孫悟空みたいに

大空は　風もなく　澄みわたり
見る目には　痛いほど　青かった
お墓の前で泣いている
独りのお婆さんの姿が目に入った
お婆さんの姿が
だんだん小さくなって
ついに
透きとおった　風船玉だけが
わたしの後を追いかけてきた

## （五） 鷺

その日
わたしは　ひとりぼっちだった
寺の木の梢《こずえ》は　ごうごうと
風に吹かれていた

もはや　わたしには
飛び去る気力さえ
残っていない

細い一枚の葉を咥《くわ》えて
片脚《かたあし》のまま
わたしは　じっと
両《りょう》の翼を合わせた

## （六）　華麗島（注8）をたたえる歌

雲は　まだ去って行かない
太陽は西に傾きかけている
美しい少女よ
御身《おんみ》は　背の高い白牛を追って
角笛《つのぶえ》を吹く
翠《みどり》の花が咲く　海の彼方に
何匹も泳いでいるのは
あれは　鯨だ
時々　潮を吹き上げる
海水の豊かな安平港《アンピンガン》（注9）
港を見おろす砲塁《ほうるい》の上で

（注8）華麗島……台湾島のこと。通常は美麗島と呼ばれるが、西川の先人北原白秋は華麗島と表記した。

（注9）安平港……台南にある港。

腹ばいになり
赤崁城《チーカンロー》(注10)の悲哀《かなしみ》を思う
今は　はるかに遠い
あの人よ
廃墟の草は　ゆれて
わたしの心は
砂のように　重い

貝多羅花《ばいたらか》(注11)が
ひっそりと　咲く
法華《ほっけ》の寺で
尼僧は　ランプの芯《しん》を切っている
祈禱《きとう》台に棄てられた灯篭《とうろう》の
そばには
虫干しの大蔵経《だいぞうきょう》が広げたまま
どこかから　蝶々《ちょうちょ》が飛んでくる

（注10）赤崁城……台南にある、古城の跡。

（注11）貝多羅花……ヤシ科の常緑高木。

蝶を追いかけて　子どもは
帰ろうとしない

車は　ごとごと音を立て
また　ぎしぎし
きしみながら　動く
太陽の光が差さない　鹿港《ルウカン》（注12）の裏通り
家の軒下《のきした》に寝て
起き上がっては　物乞いをする
そんな人もいる
街から離れて
砂丘に立つと　海鳴りばかり
十六夜《いざよい》の月はまだ出ない

たそがれて　鳩が
ボーッ　ボーッ　と鳴くころ

（注12）鹿港……台中の近くの地名。

聖歌の本を手に持った　地元の女たちが
集まってくる
悲母マリアは　教会の屋根に
降りてくる　まるで　新婦のように
ああ　空には　星が輝きだした

面影は　まぶたにぬれて
はるか遠くにいる人よ
龍舌蘭《りゅうぜつらん》のトゲは痛い
傷ついた指を嘗《な》め
わたしは　むなしく去る
夜明けが近い
葬列が通りすぎる
昔　スペイン人が住んでいた街
暖々《アスロアヌ》（注13）はきょうも雨

（注13）暖々……地名。

小屋では桃の収穫期
粟《あわ》を搗《つ》く杵《きね》の歌が聞こえない
竹かごを背負った山男《やまおとこ》が
七曲《ななまが》りの坂で
老いた母を　待っている

わたしは昔見た
蜃気楼《しんきろう》　そのものだ
行く先もわからず
流れ流れて　七個の峠を
駆け巡る
ああ　哀れだなあ
夜霧の海上に
はかなく消えて
また　燈《とも》る
わたしは彭佳嶼《アンジャンクウル》の燈台だよ

## （七）　湖上哀吟

湖の見える峠を
異国の少女は
ひょうひょうと　貝殻を
鳴らして　通り過ぎる
うす青く
指を染める
野原の摘み草を
風に　まかせて

あの日　別れてきた人の
庭の　まがきに
山茶花《さざんか》は咲いているだろうか

去りゆく秋よ
わたしの悲哀《かなしみ》の韻律《リズム》をのせて
消えようとして　消えず
苦しんでいる

杵《きね》を搗《つ》く　ポンポンという音が
土民《どみん》の村にひびく
生活のけむりが　細々と立ちのぼり
粟《あわ》をとぐ女が　ここにもいる

わたしは浮き州《す》を
今日も一日　歩き回る
暮れ残る　水面の
かわたれ時(注14)に
思慕の情は　いっそう高まる

（注14）かわたれ時……夕方の薄暗い時。

## （八）　挽歌

その人はもういない
鎌のような刀だけが光っている
祭壇は　ほこりにまみれ
つめたい石畳には
秋海棠《しゅうかいどう》の花
くずれた塀《へい》の隙間《すきま》から
空が見える
夜には
かなしい　黄色の紋が
浮かぶ

屋根は反《そ》りかえり
武将たちは

いつ覚めるともしれない眠りに
おちいり
たちこめる様々な思いに
墓は　煙《けむ》る
足の不自由な老婆がやって来て
鈴を鳴らす
その音で漂う　山梔子《くちなし》の甘い香り

赤い服を着て
古ぼけたまじないのしるしを
肩につけ
御身《おんみ》は　追われてどこへ行ったのか
梢をわたる　そよ風
童女の手のひらから
はらりと落ちる
白い真珠の玉

黄昏《たそがれ》の雨に濡れて
御身の乳房も濡れている
ああ　あなたは
獅子に乗って
どこへ行ったのだろう

浜辺の砂地には
花畑が広がり
神々をたたえる旗が
次々と　海の中に消えていく

指を折って数えると
幾日も経っていた
竹の香りのはかなさよ

## （九）古い街《まち》への讃歌《ほめうた》

髯《ひげ》の白い　老人の胸に
鳥の飛ぶ　刺青《いれずみ》を見た
いたんだ網を
せっせと修繕する女たち
彼《か》の女らは　饒舌《じょうぜつ》で
にぎやかに暮らす
ここは海辺の街

槍や刀を描いた
派手な色の看板
写真屋の看板だ
写真屋の前を
若い女が通り過ぎる
朱色の靴下に

竹編みの籠を提げて
煉瓦《れんが》を敷いた狭い道
しっくいのはげた塀
西の果てにある　展望台の下
ぐるりと回れば　石の水盤
水の無い水盤の中
尾の切れた猫
ひっそりと眠る

蓮の実が　飛んで
水中に落ち
花の精が　あちらこちらで
踊っている
幼い女の子が　ブランコに乗る
弧を描いて　ゆれるゆれる

遠くに見えるのは
みどりの海

大きな鷲《わし》が
ダリアの花を一本
口にくわえている
それは洋館の飾り物だ
赤毛の男が立っている
銀の飾りのついた望遠鏡で
彼は　いつも空を見ている
ここは曇り空の多い
硝子《ガラス》絵の街

こわれた窓から
線香のにおい
「春」と書いた家々

七面鳥の啼《な》き声
一人で歩いていると
何となく　心に残る
古い街

**出典**

詩集『媽祖祭』から「媽祖祭」「たわむれに」「デカダンスの後に」、詩集『亞片』から「昇天」「鷺」、詩集『華麗島頌歌』から「華麗島をたたえる歌」「湖上哀吟」「挽歌」、詩集『採蓮花歌』から「古い街《まち》への讃歌《ほめうた》」。

但し、「たわむれに」の原題は「於戲」、「デカダンスの後に」の原題は「頽唐」、「華麗島をたたえる歌」の原題は「華麗島頌歌」、「挽歌」の原題は「輓歌」、「古い街《まち》への讃歌《ほめうた》」の原題は「古き街への讃歌」。

## 其弐　霜田史光「ぼくの文学青年時代」

霜田史光（一八九六―一九三三）は埼玉県さいたま市の人。幼児期から青年期まで、北足立郡美《み》谷本《やもと》村大字松本新田（現、さいたま市南区松本）で過ごす。三木露風に師事して、詩人となる。また、『金の船』『金の星』等に童話を発表する。

二十歳代前半、台湾にわたるが、陸軍からの召集を受け、一ヶ月ほどで帰国。

この詩人・童話作家についての詳細は、拙稿「霜田史光研究落穂拾い（1）～（4）」（『白鷗大学論集』第29巻第1・2号～第31巻第1号　二〇一五年三月～二〇一六年九月）を参照のこと。

以下に示す「ぼくの文学青年時代」の初出は、文芸雑誌『真砂』（発行　真砂社）大正十五年（一九二六）三月号。現代表記に改めた。

一

ぼくの文学青年時代は、血と汗の争闘で塗られている。でも、今になって考えてみると、自分は快い微笑をもって、それらを思い出すことができる。

ただ、ぼくは今とその頃とを比較してみて、自ら恥かしい思いにとらわれるものがある。それは、あの時代の燃えに燃えた熱であった。奮闘であった。また、真面目さであった。

今日の自分はどうであろうか。当時ほどの熱を文学に対して持ち得ないことを、また、当時ほどの真面目さをもって勉強し得ないことを、自分は顔を赫《あか》らめながら告白しなければならない。今の自分は、なまじっか文壇の片隅に足を踏み入れたお蔭で、確かに心が緩《ゆる》んでいる。自分の書く原稿が飛ぶように売れるでもなし、それかといって人一倍の学識があるでもなし、詩的才分なども自分で意識しているほど、世間が認めてくれない。殊《こと》に第一詩集を出してから今年で六年になるが、その間に幾つの詩も発表していない。

それは自分には自分の芸術観があり、良心があって、ここ両三年は作品も十指に数えるほどしかないのだが、ぼくは自分でもそう信じ、友人達からもそう言われているように、良心とか、自重とか、芸術的苦悩とか言って沈黙していたわけなのだが、しかし、よくよく考えてみると、これはそんな美名の下《もと》にのみ隠さるべきものではないらしい。ぼくの怠け性、ぼくの不熱心さが大きな原因をなしているのかも知れない。

それで、ぼくは近頃、自分の道を朧《おぼろ》げながら発見したから、翻然《ほんぜん》と心を立て直し勇躍しようと思い立ったのである。それはあの頃――ぼくの文学青年時代の気持ちにもう一遍還《いっぺんかえ》ろうと思うのである。あの頃の潔《いさぎよ》い情熱と真面目さとをもって、ぼくは再び文学青年になったつもりで第二の飛躍を身構えているのである。

こんな文章を書くのも、自らを鞭撻《べんたつ》しようとする意志にほかならない。

大正五年の七月初め、ぼくは、よくある筋だが文学志望が祟《たた》って父と争い、金四円を懐中にして、雨のどしゃ降る日に上京した。と言っても初めて東京の地を踏んだわけではなく、その前に三年ばかりの学校生活と、一年半ばかりの逓信省《ていしんしょう》の下級官吏の生活とがある。ぼくがしばらく郷里へ帰っていたのは、長兄の死亡によって、父がぼくをその後釜に据えようとしたためであった。しかし、末子である自分には横浜で化粧品の卸屋《おろしや》をやっている兄と、現に雑誌『芸術教育』をやっている静志《せいし》兄（＊霜田静志）とがいたのだし、いくら父や叔父が強制的に意に従わせようとしても、元来ぼくは父の稼業《かぎょう》である機織《はたお》り業が大嫌いだったのである。多くの女工を旧制度のままで使っていることが不快でならなかったのである。彼女らのみじめな生活は見るに忍びなかったのである。それに、ぼく一個人としても文学志望が強かったから、いったん家に帰って父の手助けをやってみたものの、ついに父と子は悲しい争いをして、先に述べたようにぼくは、家を飛び出したのである。

東京へ出て来たものの、さしあたり困るのは生活の道であった。自分の書いたものを買ってくれるような雑誌社もなし、それかといって急にどこぞに勤められそうな口も見当らなかった。ぼくにはゆるりと就職口を探すだけの余裕がなかった。また、心持ちも父と争ってきたくらいだから、すこぶる緊張していたので、ただちに何の躊躇《ためらい》もなくメリヤス工場の職工となったのである。

二

ぼくには、折よく相棒《あいぼう》がいた。それは、今は弁護士となっている向《むかい》鎌礼君である。彼は立志伝中の人で、その後メリヤス工場の職工から、夜店商人、巡査などをして苦学して今日に至っている。その頃の彼は、巡査や弁護士になろうなどとは、夢々思っていなかったらしく、文学好きな、無邪気な好青年であった。

ぼくも向君も職工見習として工場の人となったが、見習中一日二十五銭じゃ、いかに物価の安い時分《じぶん》でも食っていける道理がなかった。一人前の職工として認められるまでには一ヶ月余りも辛抱《しんぼう》しなければならなかった。

見習を脱しても、ぼくは立派な職工ではなかった。元来、メリヤス職工というのは、なかなか技術の熟練を要するもので、一人前の職工が朝から夕方までに一円乃至《ないし》一円五十銭稼《かせ》ぐに対して、新米《しんまい》の自分は夜業しても、その半分に満たぬほどしか稼げなかった。

でも、ぼくは一生懸命であったことは事実だ。加うるに夜、下宿に帰っても、ほかの職工なら一日の疲労を休める所であろうが、ぼくは体を酷使するほど夜更《よふ》けまで勉強し、また、詩作した。そして、寝る時は必ず雨戸を一寸ばかり開けておいたものだ。

暁の光が音もなく、その雨戸の隙間《すきま》からそっと、自分の寝床に忍び寄る。すると、ぼくは直ちに眼覚めたものだ。本当に心が緊張していたのだ。現在のように昼頃まで雨戸も開けないで寝込んでいるのと比較すると、何という相違であろう。あの頃はどうしてよく眼が覚めたものか、今では不思議でならない。昼も夜も、あれ程、身心を疲労させていながらである。

顔を洗って外に出ると、たいてい、まだ家々の戸は閉っていた。ぼくは金モールのぶらさがった飯屋《めしや》へ行って朝飯を食い、弁当を詰めてもらい、そして、すたこら、工場へ出かけたものだ。

工場は暑かった。家の建て込んだ中にあって、風通しが悪かった上に、新築のトタン屋根である。終日、立ち通しで仕事をしていると、まるで釜の中におし込められている程の苦熱を感ずる。おそらく、ぼくの一生涯を通じての暑さの経験であったろうと思われる。

職工連や女工連とは、じきに仲よくなった。無邪気な向君《むかい》とぼくは、いつの間にか工場全体の空気を我々の気分で占領したかの観があった。働いただけの賃金がとれるという職業だったからでもあるが、工場の中は至って自由で、気楽で、少しの退屈も感じなかった。確かに、ぼくがその前勤めていたお役所の気分よりは愉快なものであった。

ぼくや向君が歌をうたうと、他の職工や女工達がそれに合わせたり、詩や短歌などを朗吟していると、傍《そば》に寄って来て、意味の説明を求めたりする。そして、彼らもいつの間にか、少しずつ文学愛好者になってゆく。自分は工場の生活がだんだん愉快になってきた。

ところが、困ったことが出来た。それは、この仕事は細い針を沢山使うのと、終日立ち尽くすのと、それから、ぼくは夜帰ってからも勉強していたことから、ひどい神経衰弱にかかってしまったことである。

ぼくは、この仕事を捨てなければならなくなった。そして、持っていた少しばかりの本や、ヴァイオリンなどを売り、なお、その頃唯一の同情者であり、肉親中で唯一の味方であった静志兄から金十円を都合《つごう》してもらって、信州のある山寺に一ヶ月滞在した。

そこで静かに保養して、頭の健康を取り返すつもりであった自分であるが、急に静かな生活に置かれた機会を逃すまいと焦《あせ》ったことと、どうかして詩境に真面目を発揮する道を見出そうともがいていたこととから、なかなか頭の休まる暇《ひま》もない位であった。山中の森の中に終日独座して、タゴールばりに瞑想《めいそう》に耽ってみたり、夜半、月光に憧れながら千曲川の川原を歩いたりして、感激というよりも、今になって考えてみると、わざと自分の気持ちに加速度を加えようとする行為であったように思う。

それでも、大自然の力は、ぼくを少しずつ落ち着かせ、秋の美しい風光は、ぼくの感情を穏やかに包んでくれた。頭も、幾分よくなったようであった。

再び、ぼくが東京に帰って来た時は、もう街上《まちのうえ》には冬が訪れていた。上野で汽車を降りた時、自分はこの冬を、何して暮しを立てるべきかと考えに沈みながら、二度ばかり不忍池を回った。

その頃、ぼくはようやく、投書家時代を脱して三木露風先生の教えを受けていたので、さっそく信州における詩稿を携えて、先生を池袋の住居に訪ねた。

「君は今、ある試《ため》しにかけられているのだ。しっかりやり給え。」というような激励の言葉を、先生から受けたと記憶している。

ぼくの心は燃えていた。しかし、ぼくの詩は、ぼくが一躍、詩壇に認められるような立派なものでなかったし、新しく独自な境地を開いてもいなかった。三木先生にいくら讃《ほ》められても、ぼくはその詩風が先生の詩風から脱し切れずにいるのを、ふがいないと思った。こんなことでは、まだまだ自分が一家の風格をなすことはできないと思って、情けなかった。

三

ぼくは、再び神経衰弱になるのが恐ろしかった。また、メリヤス工場の職工になる気にもなれなかった。

そこで今度は、逓信省の人夫《にんぷ》になった。初めのうちは電話局ばかり回っていたので、たいへん楽で、寒い冬も温《ぬく》い室内で過すことができた。

十二月に入ると、小石川電話局の工事場の方へ回された。寒い、寒い、実に寒かった。最大の暑さの経験がメリヤス工場であったように、私の半生を通じて、或いは、たぶん一生涯を通じてだろうとさえ思うが、寒さの経験はここの生活であった。

何しろ、鉄筋コンクリートの工事で、天井からはいつも水がぽたぽた垂《た》れていたし、大きな氷柱《つらら》が幾つも幾つも、ぶらさがっている中で仕事をするのである。その上、仕事というのが、鉄骨を取扱うのだから寒さは倍加する。時には歯車でギリギリ鉄板に穴を開けたり、時には鍛《か》冶屋《じゃ》の手伝いをさせられて、ハンマーを振り上げたりしたものだ。

お昼休みと三時の休みは、楽しかった。天幕《テント》の中か、日当りのいい所で、ぼくがフランス語の講義録を読む時間だった。すると、いつの間にか、ぼくの隣りに来ては正則《せいそく》学校の英語の講義録を読んでいる男がいた。この男は木田《きだ》といって、アメリカに密航を企てて失敗して帰されて来た男だが、いつしかこの男と自分は仲よくなって、彼の英語勉強の伴侶ともなってやるようになった。そして、この男はいつの間にか、ぼくの芸術的方面にも心酔するようになって、何かと味方になってくれた。

明けて六年（＊大正六年）になったけれども、ぼくは相変らず同じ生活を続けていた。詩境はいっこう開けない。どうしても自ら満足できない。そして、その頃だんだん憂鬱《ゆううつ》になってきた。というのは、「のたれ死にしても、きっとやり通してみせる。」と父の前で豪語してきた自分が、余りに才分に乏しい者と思われたからである。こんなことでは本当に、一労働者としてのたれ死にするのじゃないかと、不安な気持に襲《おそ》われるようになった。

ぼくは窮《きゅう》し、苦悩した。そして、窮しに窮したあげく、思いついたことは、もっと霊を鞭撻《べんたつ》するような生活に身を置いてみたら、どんなものかと思うようになった。ぼくはまだ自分を不能力者として捨てる気になれなかった。まだ本当の自分が、心の奥底に隠れていて、出て来ないのだと思った。

それなら、もう一度うんとひどい所へ身を置いて、自分を試してみたいと思った。それには、海の生活が一番よい。あそこは板子《いたご》一枚、下は地獄といわれる程の、いつ死ぬかわからぬ生活である。その上、陸上の煩《わずら》わしさから離れ、雄大な大自然の威力の中に生きてゆくのだ。あそこへ行けば、必ず何か得られるに違いない。もしあの生活の中から自分が群集連中に抜き出るくらいのものを得られなかったら、それこそ不才能にして詩人として無能力なものだから、のたれ死を待たずとも甲板から身を投げて死んでしまう方がよい。

こうした考えを真剣に持ち、ぼくは、ただちに遂行した。昨年五月の『東洋』誌上で発表した「船乗りになるの記」というのに、この間の事情を詳しく書いておいた。これはいわば、大きな博打《ばくち》である。命をかけている芸術の、一勝負である。丁《ちょう》が出るか半が出るか、ぼくは、ぶつかったままである。ぼくは陸に未練の残らないように、机も本も蒲団も、みな売り払った。

大正六年三月六日、ぼくは日本郵船会社の荷物方《タリマン》として貨物船に乗組んだ。そして、感動の多い初航海を台湾に向けて出帆した。この初航海の感想は、また何らかの機会に改めて書いてみたいと思っている。

この、ぼくの船員生活もたった一ヶ月の初航海で終ってしまった。というのは、船が台湾から門司《もじ》に着いた時、ぼくには兵役の補充召集令が待っていたからだ。

ぼくは、あの時ほど憤懣《ふんまん》を感じたことはなかった。暮れてゆく霧の門司港の燈火を眺めながら、無茶苦茶に髪の毛をむしりながら甲板を歩き回ったことを、今でもはっきりと想い出す。

その翌々日、ぼくは郵船会社の制服を軍服と着替えなければならなかった。

終りに書き添えておきたい、大事なことがある。それは、ぼくが職工、人夫、船員などと焦燥しながら苦闘し、心は緊張していたが、その間《あいだ》は決して自ら満足するような作品の得られなかったことである。

ぼくが独自の詩境を見出し、自らやや満足し得るような作品を得るに至ったのは、ぼくが兵役から脱《のが》れて、それから父と和解がなって郷里の浦和に一ヶ年ばかり穏《おだ》やかな生活を送るようになった時である。

芸術は、心の緊張や努力ばかりでは駄目だ、心にゆとりというものがなければいけない。これは後に考えついたことである。

## 其参　西條八十「尼港の虐殺」についての小論

一

近年、西條八十（一八九二―一九七〇）についての論考や著書が、ある程度、出現している。以前に比べると、ずいぶん多くなっていると判断する。旧稿を整理していたら、〈詩人論ノート〉〈戦争文学ノート〉の中に西條八十論があるのを見つけた。ずいぶん昔に書いたものだが、その一部分を以下、転載する。

二

西條八十の詩「尼港《にこう》の虐殺」は『読売新聞』一九二〇年（大正九）六月二十日に発表され、

のち、西條の詩集『見知らぬ愛人』（尚文堂書店　一九二三年二月）に所収された。また、この詩集『見知らぬ愛人』は一九二六年（大正十五）五月、改版として交蘭社から刊行された。

詩「尼港の虐殺」を『読売新聞』に発表してからの西條は一九二六年（大正十五）末までに、詩集『空の羊』（稲門堂書店　一九二一年十二月）『見知らぬ愛人』（尚文堂書店　一九二三年二月）『蝋人形』（新潮社　一九二二年五月）『海辺の墓』（稲門堂書店　一九二二年七月）『哀唱』（内田老鶴圃　一九二三年六月）『埋もれし春』（素人社　一九二四年十一月）『巴里小曲集』（交蘭社　一九二六年四月）『彼女』（交蘭社　一九二六年十二月）など多くの詩集を出している。一九二五年を除いてほぼ毎年、一冊か二冊の詩集を出している。たいへん精力的な詩作活動である。

一九二四年（大正十三）四月、西條は神戸からパリに向けて出発した。同じ船には、柳澤健（大使館職員、詩人）、山岸元子（画家、のち、結婚して森田姓）も乗っていた。同年五月、ソルボンヌ大学の聴講生となる。しかし、大学で学ぶというより、下宿で家庭教師に教わったり、フランスの各地を訪ねたりして自学する時間が多かった。ポール・フォールの詩朗読会に参加したり、ヴィルドラックが開いている絵画店で彼から話を聞いたりした。そして一九二五年（大正十四）十二月、ナポリから船に乗り、帰国した。

前に「一九二五年を除いて」と記したように、この年、詩集発行がないのは西條がフランスに留学していたからである。留学期間は、一九二四年（大正十三）四月から一九二五年（大正十四）十二月までの約一年九ケ月である。西條八十、三十二歳から三十四歳までの時期である。

三

西條八十の詩「尼港の虐殺」は、次のとおりである。

娘よ
三歳の娘よ
この午後は　おまえと父親の二人きりだ
おまえは縁で　積木を遊び
私は　椅子に凭《よ》っている

きょうは静かに話そう
母さんの帰るまで
あのニコライエフスクの怖ろしいお伽噺《ときばなし》を

氷に閉じられた西比利亜《シベリア》の港の町で
六百の日本人が惨《むご》たらしく殺されたのだ
悪鬼《バンパイア》のようなパルチザンの手に掛かって
（おぼえていよ、大正九年の春の出来事だ）（※表記は現代仮名遣いに改めた。）

これが詩の冒頭部分である。尼港とは、シベリア東部、アムール川河口付近の港であり、ニコライエフスクと表記する。ここで一九二〇年（大正九）三月、起こった事件が、いわゆる「尼港事件」である。簡単に言うと、ニコライエフスクで起こった日本軍とロシア・パルチザン（＊partisan. 一般人民によって組織された、非正規の戦闘集団）との衝突事件である。

この事件については詳細な研究が幾つか発表されている。わたくしが読んだのは井上清による論文「日本のソヴェート革命干渉戦争（1）」（岩波書店刊『歴史学研究』第一五一号 一九五一年五月）「日本のソヴェート革命干渉戦争（2・完結）」（岩波書店刊『歴史学研究』第一五三号 一九五一年九月）である。これまでわが国では、日本の側からの被害者的観点から述べた文献が多かった。しかし、この井上論文はロシア・パルチザン側からの蜂起の理由などを調べており、彼らにも彼らなりの理由があったことを明らかにしている。ロシア住民の反日蜂起は「日本軍の暴行」に比例して大きくなっていった。一九二〇年（大正九）二月五日、パルチザンはチヌイリアフ要塞を占領した。そこには日本軍の無線電信所があった。これをはじめとしてパルチザンはニコライエフスクの日本軍（石川少佐の指揮する一個大隊と憲兵隊）を包囲し、日本軍に対し、降伏を促し、かつ、自分たちへの武力干渉をやめるよう説得した。その説得交渉は全三回、行われた。第一回はパルチザン側から軍使ソロキンがやって来た。しかし、彼は無残にも殺されてしまった。パルチザンは第二回の軍使としてオルロフと二人の中国人を派遣した。日本軍は返事をするまでもなく、オルロフの目玉をえぐり出し、鼻と足先を焼き、背中を斬るという形で彼を殺した。（＊なぜ、こうしたことがわかるのかと言えば、それは後にパルチザンがオルロフの死体を掘り出し、衆人の前で検屍したからである。）第三回の説得交渉は二月二十四日に行われた。日本の従来の報道は、この第三回の交渉のことだけを伝えている。それ以前の二回に及ぶ交渉と、日本軍が犯した残虐さを隠蔽している。

第三回の説得交渉は、日本軍はパルチザンに降伏し、両者が協議し決定した地域に日本軍は退却するというものだった。そして、二月二十九日、パルチザンはニコライエフスクの町の中に入ってきた。町内の自衛軍は小銃や砲弾などの武器をパルチザンに引き渡した。また、パルチザンは富豪で反革命派の人々をつかまえて投獄し、彼らの財産を没収した。

そして、三月十一日、日本側の文献によれば、パルチザンは守備隊の武装解除を要求してきた。それで守備隊はむしろ、反撃に出ようと決意し、その深夜（十二日未明）、突如、パルチザン司令部その他を奇襲した。これについては、ロシア使節（外交官）ヨッフェによる、次のような証言がある。ヨッフェは一九二三年（大正十二）二月、日露協会会頭の後藤新平に招かれて日本に来た。その時、ヨッフェは次のように述べた。「一九二〇年の三月十一日はニコライエフスクの祭日で、町は終日、大騒ぎ。住民もパルチザンも泥酔していた。そのすきを狙って日本軍が、降伏協定を破って、不法攻撃をしてきた。」このヨッフェの証言に対し、日本側は反駁していない。

片や、パルチザンの側から武装解除を要求してきたから、日本軍はそれに反発して奇襲をかけたのだというし、片や、祭日で泥酔していたそのすきを狙って日本軍が不法攻撃したのだという。いずれにしても日本軍の奇襲は、日本軍及び領事官、在留邦人の自殺行為だったと見る歴史家は多い。

この間、わずか一週間で、石川陸軍少佐、三宅海軍少佐、石田領事官（＊副領事）とその家族らは戦死し、生き残った将兵及び居留民百二十二名が三月十八日に降伏し、捕虜となった。

パルチザンは、春になり暖かくなると日本軍が海と陸から大勢でやって来ると察知し、五月二十五日、ニコライエフスクを撤退する。その時、彼らは市中を焼き払い、日本人捕虜とロシア人の反革命派の富豪たち（＊彼らは日本人捕虜の約十倍もいた）を殺した。これがロシア・パルチザンの「犯行」として大々的に伝えられている「尼港の惨劇」である。

四

日本において「尼港事件」は、どのように伝えられたのであろうか。一九二〇年（大正九）三月十二日未明の、日本軍によるパルチザン奇襲から三月十八日までの日本軍敗北（降伏）までの経過が、まず最初に報道された。しかし、それの報道は三月三十日である。二週間も遅れている。日本での報道がなぜ二週間も遅れたのだろうか。

当時の無線電信がニコライエフスク↓ペトロパフロスク（＊カムチャッカの中の地名）↓北樺太　↓ハバロフスク　↓霞ヶ関（＊東京の外務省）と、このように伝達されてきたためであると考えることができる。そして、この無線電信も要領を得ず、例えば「過激派軍の為に日本軍隊と居留民を合した六百名の死者を出してゐるさうで領事館は焼き打ちされたが石田副領事の生死に就いては何等《なんら》報じて来てゐないとの事である。」（『読売新聞』大正九年三月三十日）と、その中身をぼかしている。また、ウラジオストックから敦賀に帰着した乗組員はウラジオストック発刊のロシア新聞によれば、「十三日夜、突如、日本兵大挙して（日本居留民も加はり）同地過激派軍を襲ひたるため互いに兵火を交ふるに至り、過激派軍四十名戦死し負傷者百余名を出せり（＊中略）日本軍が厳正中立を取るべしとの命令達せざるためなるべし」（同前『読売新聞』大正九年三月二十日）。

四月に入ると、様々な続報が入ってくる。中にはあいまいな情報もあるが、次の三点が明確に主張されている（『読売新聞』大正九年四月三日の記事による）。①過激派軍（＊パルチザン軍のこと）が日本軍に武装解除を要求してきたため、日本軍は断固これを拒絶し、戦闘状態に入った。②日本人の死傷者が多く、かつ、百余名が過激派軍の捕虜になった。③日本人居留民に対する過激派軍の暴行はすさまじかった。

そして、当時の大政党である立憲政友会が陸軍の当局者を招いて「尼港事件」の真相を解明しようと動き出した。だが、一般民衆の間では、「殉難弔意」の国民的大法要・追悼大演説会（六月十七日　主催・帝国軍人後援会　場所・築地本願寺）、尼港殉難者追弔祭（六月二十六日　主催・大日本救世団　場所・日比谷公園音楽堂）、殉難者遺族の慰問映画会（六月二十六、二十七日　主催・青鳥会及び国光商会　場所・慶應義塾大学講堂）などが先に行なわれた。

真相を明らかにできないうちから、民衆の間では弔慰行事が次々に行われた。在留日本人がロシアの過激派軍に攻撃されたという、その結果にこだわって民衆は心を熱くしていった。ウラジオストック発刊のロシア新聞にあったように「日本人側から攻撃した」ということや、そもそも当初はパルチザンの方から日本軍に武装解除を求めてきたのに、それに従わず、かえって反発して立ち向かっていった日本軍の態度なども反省すべきであったろう。したがって、この事件に関しては、三月十二日未明の、日本軍によるパルチザン奇襲から考えるのではなく、それ以前のこと（すなわち、二月五日の、チヌイリアフ要塞の占領）から考えるべきであった。しかし、今日の時点からすれば、情報機器の未発達など、時代的な限界もあったであろうと判断することができる。

## 五

西條の詩「尼港の虐殺」は、いつ作られたのだろうか。初出稿には大正九年六月十二日と記されている。これから判断すると作者は、五月二十五日の惨事と、その後の弔慰運動の高まりを知っていたと言い得る。また、この詩は新聞社あたりの要請によって作られたものだろうか。しかし、この疑問は詩人自身の次の言葉で退けられる。

「尼港の虐殺」はこの悲惨事に痛憤して宵を徹して脱稿、自ら読売新聞に寄せたるものなり。

（『西條八十詩集』「序」　第一書房　一九二七年（昭和二）十二月）

この西條の言葉を信ずるかぎり、この詩「尼港の虐殺」は、後の戦争詩のように外部から要請されて書いたものでないことは明らかである。

ところで、詩「尼港の虐殺」は、前掲（＊本稿の三参照）の続きを掲げると、次のとおり。

二箇中隊の日本軍人は雄々しく防ぎ戦ったが、
敵の勢は限りなく、しかも蠍《さそり》のように
いずれも兇猛《きょうもう》な武器を携えていた
敗れ、屠《ころ》され、領事館は焚《や》かれ
わが同胞の死屍の上を、顔を四肢《てあし》を
パルチザンの重い泥靴が蹂《ふ》み躙《にじ》った

このような惨劇を記す言葉が、綿々と続いていく。

そして、詩の中ほどから少し、視点が変わり帝都（東京）の様子を描く。

娘よ
六月の青葉にいまわが帝都の昼は静かだ
女は白い絹の手袋をはめて窓に小説を読み
男は蟬に似る薄き夏外套をまとって電車の中にまどろんでいる
遼東《りょうとう》の還付に悲憤の血を湧かせ
ポーツマスの講和に激して官省を焼こうとした
あの遠い日の情熱はすでに国人の身を去っているのだ
それとも、ああ、彼らは人命よりも土地を
さまでに多く愛するの輩《ともがら》か？

「遼東の還付」運動とは、遼東半島をロシアから取り戻すことを訴える民衆の政治的運動のこと。日露戦争後のポーツマス講和会議で、日本が戦争に勝ったにもかかわらず予想に反して不利だったことから、民衆の不満が爆発した。閣僚や元老の責任追及を叫んで一九〇五年（明治三十八）九月五日、東京の日比谷公園で国民大会が開かれた。民衆は警官隊と衝突し、戒厳令が出された。この時の「情熱」は、もう去っているのだろうかと詩人は思う。また、民衆は

「人命よりも土地を」優先して考えるのだろうかと、いぶかしく思う。
そして、この長い詩は、次の詩句で終る。

おそらく未来の孫らは小さな首を傾け
この奇蹟に似た時代を信じないに違いない
しかも　やがて動かすべからざる事実を覚《さと》るとき
かれらは愛らしき眼をいからせ　両の手をふり絞って
昔の人類の愚かさを、無智を、刻薄《こくはく》を、恥知らずを
罵《ののし》り嘆くであろう！

そうして永い歳月、日本の国に忘れられた真実の涙が
このときはじめて
これらニコライエフスクの惨死者のうえに
春雨のように　優しく　しずかに注がれるに違いない

この結びの詩句は、歴史的事件を後世の若者に伝えようとする先人からのメッセージである。

## 六

西條は詩「尼港の虐殺」を作るに際し、この事件を大きく捉える目と小さく捉える目との二つの目でとらえている。いわゆる、巨視と微視である。巨視としては、一九二〇年（大正九）三月十二日未明の、日本軍によるパルチザン奇襲から、三月十八日までの日本軍敗北（降伏）までである。微視として捉えられるのは、石田虎松副領事とその家族の様子である。彼らの惨劇事件が具体的、かつ、多量に描写されている。

西條は石田虎松副領事とその家族の様子を叙事詩として描く場合、次の三つの要素を考えた。

（A）家族の中で誰かが不在になること。

（B）親が子に語りかけるという形式をとること。

（C）絶対に忘れるな（必ず記憶せよ）という強い姿勢で子どもに「ある伝言」の継承を迫ること。

石田副領事とその家族の場合、両親は死に、祖母のもとにいた長女芳子《よしこ》（当時十二歳）だけが残った。

家族が巻き込まれたこの事件に注目したのは、『読売新聞』一九二〇年（大正九）六月十八日の記事である。新聞の婦人欄に石田芳子の詩「敵《かたき》を討《う》って下《くだ》さい」が載っている。この詩自体は、ごく普通の少女の訴えであり、特に引用するまでもない。注目すべきは、彼女の詩の前に記者が書いている次の言葉である。

これはニコライエフスクの惨劇の犠牲になった副領事石田虎松氏の令嬢芳子さんの詩です。国民に訴へる詩です。一夜のうちに孤児《みなしご》になった可愛さうな芳子さん、たった十二歳で両親と二人の兄弟を失った少女の涙の詩です。

西條がこの記事（一九二〇年六月十八日の記事）を読んだかどうかは定かではない。また、詩「尼港の虐殺」の末尾には、「一九二〇年六月十二日」とその制作時が明示されているから、もし読んだとすれば、この記事を読んだのは詩の制作後であると判断できる。

しかし、このような時代の雰囲気の中で詩「尼港の虐殺」が作られたことは記憶しておかなければならない。

詩「尼港の虐殺」では既に見たように、「三歳の娘」に呼びかける形で作られている。「三歳の娘」の「おまえ」にという呼びかけは、この年（一九二〇年）数え年で三歳になった西條の娘嫩子《ふたばこ》を指していると考えることができる。そうすると、西條の頭の中ではこの時、十二歳の石田芳子を越えて、我が娘嫩子《ふたばこ》のことが去来したといえる。つまり、この詩「尼港の虐殺」は単に事件の被害者である石田芳子への呼びかけであるにとどまらず、それは父西條が我が娘嫩子《ふたばこ》に呼びかけたものでもあった。

よって、この詩「尼港の虐殺」は、ダブルイメージを持つ構造の詩として読むことが可能である。そこには大衆と共に歩む詩人西條八十の姿があるとともに、また、西條個人の心情や体験も投影されている。このことが以上の考察から、明らかになった。

注

＊詩「尼港の虐殺」の本文は、仮名遣いなど現代表記に改めた。

## 写真解説

① 石垣りん『ユーモアの鎖国』。北洋社より刊行。エッセイ中心の作品集。一九七三年二月、第1刷。一九七三年四月、第5刷。

② 金子光晴・村野四郎選『銀行員の詩集　一九五五年版』（全国銀行従業員組合連合会文化部　一九五五年九月一五日）。

③ 石垣りんの葉書。一九七七年（昭和52）六月一五日消印、加宮貴一に宛てたもの。

④ 雑誌『詩学』第8巻第10号（詩学社　昭和28年10月30日）。吉野弘の詩「記録」「犬とサラリーマン」「雑草のうた」三篇を掲載。

⑤ 吉野弘の詩集『幻・方法』（飯塚書店　一九五九年六月一五日）。

⑥ 雑誌『国語通信』第168号（筑摩書房　一九七四年七・八月合併号）。吉野弘の連載エッセイ「日本語への探索（8）　喩としての言葉」を掲載。

⑦ a・b　金子光晴の序文原稿。山下千江の詩集『印象牧場』（長谷川書房　昭和29年5月）に所収。

⑧ 雑誌『現代詩』一九六〇年八月号（飯塚書店）。茨木のり子のルポルタージュ「怖るべき6月」を掲載。

⑨ 茨木のり子・文／水沢　研・絵『おとらぎつね』（さ・え・ら書房　昭和44年5月15日）。

⑩ 雑誌『国語通信』第136号（筑摩書房　一九七一年五月号）。茨木のり子と木下順二との対談「民族のことば」を掲載。この対談について本書では言及していないが、参考文献の一つとして掲げる。

⑪ 雑誌『いささか』第2巻第1号（さかえ書房　一九七五年一月）。金子光晴「六道」、吉野弘「茶の花覚え書き」同「言葉人間」、茨木のり子「詩集と刺繡」同「自分の感受性ぐらい」等を掲載。作品は初出のみ

でなく、再掲を含む。東京の吉祥寺にある古書店が出版した全38ページの小冊子。この小冊子について本書では言及していないが、参考文献の一つとして掲げる。

⑫ 茨木のり子の葉書。一九五九年（昭和34）六月三日消印、磯村英樹に宛てたもの。

⑬ 茨木のり子の葉書。一九七一年（昭和46）一月二九日消印、山下千江に宛てたもの。

⑭ 茨木のり子の葉書。一九七三年（昭和48）一月元旦の年賀状、山下千江に宛てたもの。勾玉のようなイラストが面白い。

⑮ 雑誌『現代詩手帖』第49巻第4号（思潮社　二〇〇六年四月）。この号は、茨木のり子追悼特集。吉野弘のエッセイ「茨木のり子さんを偲ぶ」ほか。

**竹長　吉正**（たけなが　よしまさ）

1946年、福井県生まれ。埼玉大学名誉教授。白鷗大学、埼玉県立衛生短期大学（現、埼玉県立大学）、群馬県立女子大学などでも講義を行った。
日本近代文学、児童文学、国語教育の講義を行い、著書を出版。『日本近代戦争文学史』『文学教育の坩堝』『霜田史光　作品と研究』『ピノッキオ物語の研究——日本における翻訳・戯曲・紙芝居・国語教材等——』など。

カバー絵・高垣 真理

てらいんくの評論

**石垣りん・吉野弘・茨木のり子　詩人の世界**

**——（附）西川満詩鈔ほか——**

---

| | |
|---|---|
| 発行日 | 2019年12月9日　初版第一刷発行 |
| 著　者 | 竹長吉正 |
| カバー絵 | 高垣真理 |
| 発行者 | 佐相美佐枝 |
| 発行所 | 株式会社てらいんく |
| | 〒215-0007　神奈川県川崎市麻生区向原3-14-7 |
| | TEL　044-953-1828　　FAX　044-959-1803 |
| | 振替　00250-0-85472 |
| 印刷所 | モリモト印刷 |


ISBN978-4-86261-153-6　C0095

シリーズ てらいんくの評論

# 竹長吉正 評論集

## ピノッキオ物語の研究

### ――日本における翻訳・戯曲・紙芝居・国語教材等――

イタリアで生まれたあくたれ少年の破天荒な物語は、どのような道を辿って日本に登場、定着したのか。作品の成立背景やこれまでの翻訳史、研究史等をふまえて考察した、ピノッキオ物語研究の集大成。

A5判上製／四九四頁／ISBN978-4-86261-127-7◆本体三、八〇〇円＋税

## 石井桃子論ほか

### ――現代日本児童文学への視点――

石井桃子の三作品、石井の周縁の作家についての論のほか、皿海達哉、さくらももこなどの作家論も収載。現代日本の「子どもの文学」の新しい見方を提示する。

四六判並製／四三二頁／ISBN978-4-86261-154-3◆本体三、二〇〇円＋税